あまやかなくちびる

高峰あいす

幻冬舎ルチル文庫

CONTENTS ✦目次✦

あまやかなくちびる

✦カバーデザイン＝小菅ひとみ（CoCo.Design）
✦ブックデザイン＝まるか工房

イラスト・竹美家らら✦

あまやかなくちびる

町外れにある通称『貧乏長屋』は、行く宛（あ）てのない者の吹きだまりみたいな場所だ。六畳ほどの部屋に敷かれた畳は半分筵（むしろ）のように変わり果て、隣の家とを隔てる壁の漆喰（しっくい）は軽く触れるだけでぼろぼろと崩れる。土間にある竈（かまど）の火は随分前に消えたままで、室内にはすきま風が吹き込み外と変わらないくらい冷え込んでいる。

大分前に日は落ちて、部屋には暗闇（くらやみ）が蟠（わだかま）っている。

望（のぞむ）はそんな部屋の隅に膝（ひざ）を抱えて蹲（うずくま）っていた。こうして瞼（まぶた）を閉じていると、朧気（おぼろげ）だが田舎で暮らしていた記憶がぼんやりと蘇（よみがえ）るのだ。

実父が生きていた頃は、貧しいながらも田舎で小さい畑を借りて耕し、日々の糧（かて）には苦労しない生活をしていた。両親も笑顔を絶やさず、望も近所の子供達と日が暮れるまで野山を走り回り、穏やかな日々だったと記憶している。

けれど実父が流行（はや）り病（やまい）で急死したことで、残された望と母の状況は一変する。まだ幼かった望は畑仕事の手伝いはできず、母だけで地主から借りていた田畑を維持するのは到底無理だった。

ほどなく畑の借り賃を払えず、母は仕方なく住んでいた家と畑を地主に返し、仕事を求めて上京した。

住む家もなく、頼るあてもない母子二人がたどり着いたのがこの長屋だったのである。けれど街に来たところで、学のない女ができる仕事といえば芸者とは名ばかりの酌婦（しゃくふ）が精々だ。

望も家計を助けるために、封筒作りの内職をした。そうしてやっと、家賃とわずかな食料を手に入れて細々と暮らしていたが、物心ついた時から貧乏暮らしに慣れていた望でさえ長屋での生活は過酷だった。

それでも現在よりはずっと幸せな生活をしてたと、今なら思える。

二年前、望が八歳の頃に突然母が再婚したのだ。なんでも西洋で行われた戦争の特需で一儲(ひともう)けした男が、母に一目惚(ぼ)れしたとかで長屋に文字通り転がり込んできたのである。八沢(やざわ)と名乗ったその男は、母の連れ子である望にも優しく接してくれた。
『これからは学校にも通わせるし、母も働かなくて良い。仕事が軌道に乗ったら、すぐに港近くの一等地に家を建てる』と笑顔で告げる男を疑いもせず母の再婚を喜んだ自分が馬鹿だったと望はぼんやりと考える。
長屋で一緒に暮らし始めた途端、男は約束などまるでなかったかのように、毎日理由を付けては仕事もせず、酒と博打(ばくち)に明け暮れ出した。男の話が全て嘘だったと気付いたときには既に遅く、母も望も男に脅されるまま働き、彼の身の回りの世話をして二年が過ぎようとしていた。初めは文句を言っていた母も、暴力を振るわれ次第に口数が少なくなり今では酌婦として外で働いている時間の方が長い。そして望は、家に居着かない母の代わりとして、男からの一方的な虐待を受け続けていた。

抱え込んだ腹の内側から、くうと情けない音が鳴る。水でさえ、口にしたのは明け方だった。

年の暮れも近いというのに、望が着ているのはつぎはぎの薄い着物一枚だけだ。布団さえ、養父用の物しか残っておらず、望は毎晩むしろにくるまって寒さを凌いでいるが体も心も既に限界だった。

望はもう三日もまともな食事をしておらず、僅かな水だけで凌いでいるのだ。

──おなか、すいた……。

けれど空腹を訴えたくても、養父は朝から賭博に出かけていて戻ってくる気配はない。それにもし家に居たとして、望が『お腹がすいた』などと言えば罵倒するに決まっている。

最後に食べたのは、養父の手でわざと埃まみれにされた麦飯。それと……。

あのおぞましい物を思い出して、望はえずく。口元を押さえて壁際に蹲っていると、誰かの手が肩を摑み乱暴に揺さぶる。

「──望」

「おかあさん……」

「動けるね？　早く荷物を纏めな」

たったの二年で、優しかった母は行動も言葉遣いも荒くなってしまった。余裕のない生活が原因だとは、幼い望が知るよしもない。

しかし一つだけ理解できるのは、母にも養父にも逆らえば、生きていけないという事だけだ。

「あの男が博打に行っている間に逃げるよ」

養父と再婚してからずっと言いなりになっていた母の言葉が信じられず、望は小首を傾げる。

「大丈夫？　怒られない？」

「ここにいたら、私もお前も何されるか分かったもんじゃないんだよ……はやく腹を決めてりゃよかった……」

仕事を途中で抜け出してきたのか、着物は普段着だが顔にはまだ化粧の白粉がまだらについていた。

余程焦っているらしく母の目は血走り、簞笥の中にあるボロまで掴むと片端から風呂敷に包んでいく。その鬼気迫る様子に、ただ事ではないと十歳の望も理解できた。

「何処に逃げるの？」

「あの男が居ない所さ。外国人街の方に行けば、人も仕事も多いし紛れちまえば分からないよ」

母が望の手を取り、長屋の引き戸を開けた。外は既に暗く、周囲もしんと静まりかえっている。

草履（ぞうり）ですら質に入れられているので、望は裸足（はだし）で外へ出た。水はけの悪い細道には、数日前に降った雪がまだ残っており、すぐに足指の感覚がなくなる。

一体、母は何処へいくつもりなのか。宛てはあるのかと疑問は尽きないが、ここに留（とど）まるよりはずっとましだと望にも理解できる。

「行くよ」

言われるままに、望は真っ暗な道へと一歩踏み出した。

＊＊＊＊＊＊＊＊＊＊＊＊

「ようしょく？」

「そうだ。って言っても養殖じゃないぞ、西洋料理の『洋食』だ望」

西洋文化が浸透したと言っても、庶民にはまだまだ手の届かない代物だ。

東京一と自他共に認める乾物の大店『大河屋』の手代として働く戸宮望は、ぽかんとして小首を傾げる。

そんな望の前で、大河屋の跡取りである芳秀が楽しげに口の端を上げた。大店の若旦那という立場なのだが、奉公人に対しても気さくに接する彼は誰からも慕われている。

特に身寄りのない望に対しては歳が近い事もあって、まるで兄のように振る舞う姿は本当の家族のようだ。

「ハンバーグとか、カレーライスって聞いた事はあるだろ」

「はい」

港に近いこの街には西洋人も多く住んでいて、所謂『ハイカラ』な物の看板や洋装も見慣れている。ただの奉公人にすぎない望でも、見聞きするだけなら西洋文化は身近なものなのだ。

けれど料理となると、実物などとても想像がつかない。

「今度、食べに行こう」

「ですが……」

「もう予約は取ったんだぜ。料理の質を落としたくないから一日にランチとディナーを各一組ずつしか客を入れないのに、すごい人気店でさ」

随分と強いこだわりを持った料理人が居るのだと聞かされ、望は興味を覚える。学もなく取り柄と呼べる物のない望だが、こと仕事に関する事となると目の色が変わる。

数え年で十になったばかりの頃、酌婦をしていた母に連れられて望はこの店に奉公人として預けられることとなった。

母は店主に半ば押し付けるような形で望を託すと、そのまま姿を消し、それからは全くの音信不通だ。

以来、十七歳になるまで独学で商品の勉強をし、この歳で番頭の補佐を務める『手代』にまでなったのである。

「な、気になるだろ？」

「でも僕なんかが行ったら、門前払いをされるんじゃないですか？」

芳秀のように大店の跡取りという立場なら、堂々としていられるだろう。けれど自分は身寄りのないただの奉公人でしかない。

おまけに幼い頃からの貧乏暮らしが原因で、背が伸びず髪の色も薄い。母が港で酌婦をやっていたこともあり、事情を知らない客から『異国人の子ではないか』と言われたり、母似の童顔も相まって子供扱いされる事もしばしばだ。

母が強引に大河屋へ望を預け失踪（しっそう）してすぐ、高熱を出して寝込んだ望を見かねた芳秀の父善蔵（ぜんぞう）がわざわざ医者を呼んで診せてくれたのだが、その際『成長期に栄養が悪かったことが原因の発育不良』と診断された。

望の置かれていた境遇を哀れに思った善蔵が気にかけてくれたお陰で、今は健康そのものだ。

その恩に報いようと、望は奉公人の誰より熱心に店で扱う乾物の勉強をして、今では大旦那からも絶大な信頼を得ている。

この数年で得意客も増え、望の選んだ商品でなければ買わないと公言する客もいる程だ。新しく入った奉公人の中には、外見だけで望を見下す者もいた。だが、話をしてみれば豊富な知識量を持っていると分かるので、ほどなく一目置くようになる。

何より真面目な望の性格は、誰からも好かれる要因となっている。

「大丈夫だって。望はぱっと見は子供っぽいけれど、食事のマナーは俺がしっかり教えただろ。服なら俺のお下がりを貸すから、気にするな」

「そこまでしていただくなんて、申し訳ないです」

「いいんだって。お前は俺の、弟も同じだからな」

人がいい、というだけでは済まされないほどに、芳秀は望を特別に可愛がっている。それは他の奉公人の前でも態度が変わらないが、誰も望に嫉妬の目を向けることはない。

誰よりも乾物への知識があることも理由の一つだが、望にはこの商売をするにあたって致命的な欠点を抱えている。

発育不良などが原因で、味覚がほぼないのだ。それでも知識だけでここまでのし上がった望を、皆は真摯に尊敬している。
向けられる感情の中には哀れみも含まれているのだろうけど、馬鹿にされるよりはずっとましだ。

——どうしよう。丁度、仕事も一段落したし。忙しいのを理由に、逃げるのも難しそうだ。芳秀はなんだかだと理由を付けて、望を食事に連れ出す。流行り物好きで、遊び回っている芳秀は、話題になっている料理屋を見つけると望を強引に連れて行くのだ。

それは芳秀なりに、望の『味覚障害』を少しでも改善したいという善意からくる行動だと分かっているが、何を食べても味を感じない望にしてみれば正直困ってしまう。

返答に困っていると、棚の陰から番頭の源三が顔を覗かせる。

「若旦那、大旦那が呼んでるぞ！　用があったんじゃねえんですかい？」

「忘れてた！　望、今日は五時に上がって俺の部屋に来い。着替えたら、飯食いに行くぞ」

「は、はい」

勢いに押されつい返事をしてしまった望の横で、源三がため息をつく。

「全く、二十一にもなってあんなじゃ、大旦那も気が気じゃねえだろうに。……戸宮も若旦那が邪魔しに来たら、相手しなくていいんだぞ」

「はい、源さん」

呆れたように言う源三だが、その目は笑っている。大店の跡取りという立場にも拘わらず、芳秀は偉そうな態度を取らないので、奉公人達からも慕われているのだ。そして何より、母に見捨てられ、本来なら路頭に迷ってもおかしくない望に実の弟のように接する姿は、年上の者達からすると微笑ましい光景に映るらしい。

改めて在庫の確認をするためにその場を離れようとした望の肩を、源三がそっと叩いて引き留めた。

「折角若旦那がおごってくれるって言ってんだ。いいから食ってきな。商品の勉強にもなる。お前が若旦那から目をかけられてるのは、みんな知ってる。これから店を支える柱になるんだから、遠慮せずに行ってこい」

若いのに遊びには全く興味を示さず寝る間も惜しんで働く望は、店に引き取られてから程なく源三を含めた年上の奉公人達の信頼を得た。

舌に問題があると皆は知っているがそれを補おうとして望は商品の手触りや見た目、産地や天候などを考慮し、自分なりに商品知識の勉強を重ねてきた。

勤勉な望は三年ほどで目利きとして頭角を現し、同い年の奉公人の中では一番の出世頭だ。なので望にばかり目をかける芳秀の態度も、当然のこととして受け止められている。

「……ありがとうございます」

仕事で実績がある望だからこそ、許されている事だ。それに皆が自分の病気を理解し、芳秀と同じように治る事を望んでくれているとも分かる。

母と共に、食うや食わずの生活をしていた頃に比べれば恵まれすぎている環境だ。だが、望は笑顔で礼を述べたものの、内心はやはり複雑だった。

番頭の源三を含めて店の奉公人達は、望に味覚がないのは単純に栄養不足から来る疾患だと思っている。

確かにそれも理由の一つだが、最大の原因は別の所にある。

――今更、説明するのも大変だから黙っていよう。

心から心配してくれる源三や同僚達には悪いが、気軽に話せる内容でないのは望が一番理解していた。

望が幼い頃、実父は病で他界し八歳になる頃までは女手一つで母が育ててくれた。夜な夜な知らない男と出かける母に対して思うところもあったが、彼女も生きるためには必死だったと今なら理解できる。

しかし母が八沢というチンピラもどきの男と再婚した辺りから、望にとっての不幸が始まってしまった。

八沢という男は一見優しげで、再婚するまでは望にも優しく接していた。しかし母と正式に夫婦になった途端、その本性を現したのである。

僅かな母の給金を取り上げ、全てを博打と酒につぎ込んだ。更には、理由もなく癇癪（かんしゃく）を起こしては、母と望を責め立てたのである。

暴力こそ振るわれなかったが、突然怒鳴り散らす大人の男を前にして子供の望は何もできず、ただ怯（おび）えるだけの日々が続いた。

母は働かない八沢にせっつかれ、生活のために仕事を増やした。

必然的に昼間も働きに出ざるを得ず、望は酒浸りの八沢と二人きりで過ごすことが多くなる。

すると八沢は抵抗できない幼い望に対して、ねちねちとした虐待を始めたのだ。

思えば、博打で負けた鬱憤（うっぷん）を晴らしていたようだが、同じ博打仲間に八つ当たる勇気がないので、力でも立場でも絶対に反抗できない望を標的にしたのだろう。

それも殴るなどの痕（あと）が残る虐待ではなく、あくまで周囲の大人には分からない形でそれは進行していった。

当時住んでいた長屋の住人には、八沢の酒飲み仲間もいたので働かないことを咎（とが）められはしたようだが、まさか望を虐待し憂さを晴らしているなど思いもしなかったようだ。上辺（うわべ）だけは腰の低い人間を見事に演じていた八沢は、周囲から同情を引くのも上手（うま）かった。

なんだかだと理由を付けては働きに出ようとしない八沢を見かね、ほどなく多少余裕のある生活をする住人達が食事を分けてくれるようになった。

その日の食べ物にも困っていた望にとって一口の麦でも有り難い恵みだった。しかし八沢は、それらの全てを望から取り上げたのである。

ただ食べさせないだけでは、幼い望は死んでしまうと判断した八沢は、恵んでもらった僅かな食料を腐らせた。

最初は病死を装おうとしたようだが、次第に苦しむ望を楽しむようになり、母親が家に居るときでさえ残飯や腐りかけた饅頭(まんじゅう)を与えるようになる。

そして腹痛やおう吐で苦しむ望を肴(さかな)に酒を飲み、『残飯しか食っていないお前は汚い』と理不尽な罵倒を浴びせかけた。

目に余る虐待に耐えかね、母が望を連れて逃げ出す決断をするまでに、二年もの歳月が過ぎていた。その間、八沢から一方的に虐待された望は、大河屋に来てから自分の舌が何を食べても味を感じなくなっていることに気づき呆然(ぼうぜん)とした。

味覚に問題が生じた最大の原因は、この虐待だと医者は断じている。

望は被害者だが、心ない者が尾ひれを付けて話を広めては更に苦しむだろうという大旦那の判断で公にはされていない。

本当の原因を知るのは診断をした医師と、その場で望を見守っていた芳秀と彼の母。そして芳秀の父であり、大河屋の六代目でもある大旦那の善蔵だけだ。

望の母が何故、善蔵を頼ったのか理由は聞かされていない。隠し子であるなら、善蔵は責任を取る性格だと望も分かっている。

一時期、芳秀も腹違いの弟ではないかと疑い、望の母と善蔵の接点を独自に調べたと聞かされた事がある。

しかし芸者遊びをする店で、人手が足りず臨時の手伝いに呼ばれただけの母と数回顔を合わせただけでしかなく、特別な関係になるような接点はなかったようだ。

大体、望が預けられた時も相当母は切羽詰まっており、まともに会話ができなかったらしい。元々面倒見の良い大旦那は、そんな母子を見かねて望くらいは丁稚として引き取ろうと決めたらしいというのが顛末だ。

酷い味覚障害を考えれば、望がかなり酷い環境に置かれていたと大抵の者は理解する。

表向きは大旦那としての立場もあり、他の奉公人と分け隔てない扱いをする善蔵も、実子である芳秀が望を弟のように構うのを見て見ぬふりをするのはそんな理由もあっての事だ。

だから芳秀の善意も分かるし、望も『もしかしたら、治るかもしれない』という一縷の望みを抱いているのは否めない。

医者からも心身共に問題がある場合は、何がきっかけで治るか分からないと説明を受けている。

けれど身寄りのない自分を、手代にまで取り立ててくれた大旦那にこれ以上の迷惑はかけられないとも思っている。

複雑な気持ちを胸の奥に隠して、望は平静を装い在庫の置いてある棚に向き合う。すると入り口の方から、張りのある声が響いた。

「望君はいるかね」

「お、徳治郎《とくじろう》さんだ。頼むぞ」

　杖《つえ》をついて店に入ってきたのは、いかにも好々爺《こうこうや》といった風情の老人だ。つるりとした見事な禿頭と、立派な口ひげが特徴的な人物である。

　どことなく愛嬌《あいきょう》のある大きな目を動かして商品を眺める姿は、菓子屋に来た子供を連想させた。

　しかし大旦那の飲み友達だというだけで、詳しい事は誰も知らない。ただ望が見てもわかる上等な着物と、堂々とした振る舞いからそれなりに名のある店のご隠居だと知れる。

「お久しぶりです。徳治郎様」

「元気でやっとるかい？　今日は、望君の顔を見るついでに、鰹節《かつおぶし》の良いのがないかと思ってね。寄ってみたんだが」

　口ひげを片手で弄《もてあそ》びながら、徳治郎が笑みを浮かべる。

　料理が趣味で、わざわざ自ら出向いて買っていく老人は、望が手代に抜擢《ばってき》されてからは、必ず買い物前に意見を求めるようになっていた。

「そうですね。先日、土佐《とさ》の方から商品が入ってきたんですよ。宮古《みやこ》のもお勧めですが、徳治郎様の好みでしたら土佐がいいかと」

　商品を勧めながら、望はふと徳治郎ならば洋食の知識があるだろうと考える。

――いきなり聞いたら失礼になってしまうけど、頼れるのは徳治郎様しかいない。

今からでも断る口実を得られれば、それに越したことはない。

常連の徳治郎が『子供にはまだ早い』と言ってくれれば、それを言い訳にして芳秀の誘いを断ることもできる。

尋ねようかどうしようか、望が思案していると徳治郎の方から話を振ってくれた。

「どうしたね？　神妙な顔をして。悩みがあるなら、この爺さんがきいてやろう」

からからと笑いながら、徳治郎が望と視線を合わせる。威圧感はなく、まるで孫へ向ける慈愛のような視線を受けて、望はおずおずと尋ねてみた。

「……徳治郎様は。その……。洋食に興味はありますか？」

「あれもなかなか、いいもんだ。急にどうしたんだね」

「あ、その。若旦那に洋食屋へ行こうって誘われたんですけれど。どういったものか、よく分からなくて。食事の作法とか、厳しいですよね？」

さりげなく徳治郎から『高級な洋食など望にはまだ早い』という言葉を引き出したかったのだが、その希望は叶えられなかった。

「店の名は聞いているかね？」

「名前は聞いてませんが、なんでも一日に二組しかお客を入れないお店で、予約も大変だそうです。そんなお店に、こんな僕が入ってもいいのか……」

いくら大旦那達からの信頼があっても、大河屋の外へ出れば望は身寄りのない奉公人に過ぎない。

こんな身分の者が、そんな高級な店へ客として入るのは正直気が引ける。

――それに、こんな汚い僕が高級な料理を食べるなんて、料理人の方に失礼だ。

長年受けた虐待は『味覚異常』を引き起こしただけでなく、望の自尊心も酷く傷つけていた。腐った食べ物を口にするしか生き延びる術（すべ）のなかった望に対して、八沢は『腐った食事を平気で食うお前は汚れている』とせせら笑った。

今ならあの言葉は、八沢自身が行った虐待を正当化するための、下らない罵倒だと理解できる。けれど事あるごとに言い聞かされ続けた結果、幼い望の心には『自分の口も体も汚い』という意識が染みついてしまっている。

そのせいか、表向き他の奉公人達と和やかに接するが、仕事が終わってから飲みに誘われても一緒に出かけることはしない。

まかないで出される料理も、自分が箸（はし）を付けては迷惑になると思い、理由を付けて食べない事も度々あった。

不安げな望を見て、単純に身分を気にしていると思ったのか徳治郎が穏やかに微笑む。

「是非行きなさい。若いうちに、なんでも経験しておくと後で必ず役立つ」

「そうですか……徳治郎様が、そこまで仰（おつしや）るなら……」

結局、徳治郎からも背中を押される形となってしまい、断る理由もなくなった望は、芳秀に言われたとおり五時には店を出て彼の部屋へと向かった。


女中に囲まれ、慣れない西洋風の服を着付けられた望は、有無を言わさず車へと乗せられて件（くだん）の洋食店へと連れて行かれた。

しかしいざ店の前に立ち『クレエ』と書かれた洋風の看板を見た途端、やはり自分は場違いだという気持ちがこみ上げてきて足が竦（すく）んでしまう。

「本当に入るんですか、芳秀兄さん」

店の外では、兄弟として振る舞えと言われ続けていた望は不安げに彼を呼んで袖（そで）を引っ張る。

最初は雇い主の子息に対して呼び方を変えることに抵抗もあったが、流石（さすが）に七年も経（た）つと当たり前になってしまった。

これもある意味、芳樹の裏表のない性格が望の心を開かせた結果だ。

「当たり前だろ。今日を逃したら、次にいつ予約が取れるか分からないんだぞ」

細い鉄棒を幾何学模様に組み合わせて作られた門をくぐり、二人は店へと続く石畳を歩く。

以前は海外の大使が別邸として使っていた建物を、レストラン用に改築したのだと芳秀から聞いている。

造りは古いが日本家屋とはまったく違うモダンな佇まいに、望はただぽかんとして辺りを見回していた。

「予約した大河だけど」

芳秀がドアを開けると、すぐに若い男が出てきて頭を下げる。

コックコートを纏い、黒髪をきっちりと整えた姿は料理店の店員というより、モダンな洋装店の主人のように思えた。

――こんな立派な人を案内係に使っているなんて、どんなすごい人たちがお店に来るんだろう。

何処の店でもそうだが、最初にお客と会話をする店員の態度で大体の店の格は計れる。大店であればあるほど、お客に不快な思いをさせないよう、丁稚の身なりや躾けも行き届いているものだ。

「お待ちしてました。お席へどうぞ」

店内はこぢんまりとした空間で、置いてある家具や装飾品は全て西洋の品だと分かる。初めて入った店であるのに、不思議と落ち着くことができるのは、隅々までお客が寛げるように気配りが為されているからだろう。

テーブルには庭に咲いていた薔薇が飾られ、テーブルクロスにはしみ一つない。細かい事だけれど、接客をするにあたっては大切な事だ。

「あいつが一人で、切り盛りしてるんだ。調度品の配置だけじゃなくて、料理も全部だぜ」

「配膳係の方じゃないんですか？　すごいですね」

てっきり配膳係かと思った男が、実はオーナー兼シェフだと知り、望は驚きを隠せない。

——一日二組って聞いてたから、てっきり偏屈な主人かと思ったけど……意外と若い料理人さんなんだ。

実力もあるのだろうが、若いうちから店を構えるまでの努力を想像すると気が遠くなりそうだった。

自分も『味が分からない』というハンデを抱えて手代までのし上がったが、彼はそれ以上に努力をしているに違いない。

「ま、とりあえず食おうぜ。そんなに緊張してると、余計味が分からなくなるぞ」

「はい」

これまでも何度か、芳秀に連れられて料亭や甘味処へ行ったけれど、どうしても雰囲気に慣れることはなかった。更に今回は、客が自分たちだけという事でいつも以上に緊張感もある。

——食べたくない。

緊張が極限に達すると、味覚以前に食欲がなくなってしまうのだ。

だがそれでは折角の料理が手つかずになる。

食事のありがたみは身にしみているし、大河屋へ直接買い付けに来る料理人達が、どれだけ自尊心をかけて食事を提供しているかも理解しているつもりだ。

しかし只(ただ)でさえ望にとっては味のないものを、無理に飲み込まなければならないのは苦痛以外のなんでもない。

「ほら、これがハンバーグってやつだ。そういや望は、洋食の専門店は初めてだったな。これが牛肉をミンチにして焼いた物で、これが人参、こっちがジャガイモを茹(ゆ)でて潰(つぶ)した『マッシュポテト』だ」

運ばれてきた料理を見て、望は小首を傾げる。

洋風料理を看板にした店には芳秀につれられ何度か行ったが、見た目や盛りつけはそう変わっているようなものはなかった。

けれど白に金の縁取りの描かれた大皿には、これまで見たこともない料理が絵画のように盛りつけられていた。

「皿に残ったソースは、パンに付けて食べるんだ」

芳秀の説明を聞きながら、望はどうにかナイフとフォークを握り見よう見まねで肉を切る。

思いの外柔らかかったので切り取るのには苦労しなかったが、問題はその後だ。

――これの味が知りたいのに、手が動かない。

やっぱり心は、切り取った肉片を口へ運ぶことさえ拒絶してしまう。

――今ならあの人も、厨房にいるから……。

恐る恐る芳秀に目礼すると、望の考えを察したのか苦笑しつつ頷いてくれる。

「無理なら、残していいんだぞ」

「……いえ…無駄にする方が、食材に失礼ですから」

小声で遣り取りしながら、望はテーブルに置いてあったガラス瓶を取り、入れてあった塩を振りかけ始めた。

幸いソースの色が濃いので、混ぜてしまえば見た目には分からないだろう。

普通なら顔を歪める程の強い刺激がなければ、望の舌は味として知覚しない。

美味しいとはとても思えないけれど、砂を噛むような食事をするよりはずっと楽に飲み込めるのだ。

肉の表面が見えなくなるほど振りかけた塩を手早くソースにまぜてしまえば、後は流れ作業のように食べるだけだ。

望が分かるのは、ミンチにされた肉の感触と、強い塩味。

いつもなら、はやくこの苦しみが終わればいいと考えるだけなのに、今日だけは食べている料理の事が気になってしまう。

——本当は、どんな味なんだろう。

次に運ばれてきたのは、野菜のパスタだ。旬の野菜と白い麺を昆布だしのスープで味付けしたと説明されても、やはり食欲はわかない。

それでも望は可能な限り塩をかけて、出された料理を完食する。

息苦しい食事をどうにか終えた望は、芳秀に促されて席を立つ。

「悪かったな」

「いえ。けれど、このお店の料理はこれまでと違ってなんだか気になりました。……味は、分からないけれど……」

小声で話していると、会計のために現れたシェフが望の前に立ちふさがる。

「この店で料理を作っている松倉だ。お前、名前は？」

「……戸宮望です。あの、僕……」

「塩をかけて食べただろう。皿に塩が付いていた。それもあり得ないほど、大量にな」

完食しなければと言う強迫観念が頭を占めていた望は、白い皿に残った塩の痕跡を完全に消し切れなかったのだ。

「あのな……」

すぐに芳秀が割って入るけれど、松倉は視線すら向けない。

「言い訳は聞きたくない。金はいらないから二度と来るな！」

「……す、すみませんでした」

よくあることなので望は身を竦ませながらも懸命に謝罪をして店を出ようとするけれど、芳秀が珍しく声を荒らげた。

「望は極端な味しか分からないいんだよ」

大抵は穏便に済ませる芳秀が、どうしてか逆に喧嘩をふっかける姿を前にして、望はただおろおろと二人を見つめるほかない。

「芳秀兄さん。僕が悪いんですから」

「美味いモノを食べたら治ると思って、評判の店を渡り歩いてるけど。ここも大したことないんだな」

わざとらしく挑発するような物言いに、聞いている望の方が青ざめる。どこの店でも似たようなことはあったけれど、ここまで芳秀が好戦的になったことはない。

――いきなりどうしちゃったの、芳秀兄さん……。僕が謝れば、すむことなのに。

芳秀の言葉に興味を示した松倉は、思案するように腕を組む。だが怒りは消えていないようで、眉間には深い皺が刻まれていた。

「あ、あの。ごめんなさい。僕帰ります」

深々と頭を下げる望に、松倉は静かに返す。

「望君。私は君とゆっくり話をしてみたいが、今日はもう閉店だ。また改めて来てくれ。時間の調整が付いたら、この男に伝える」

憮然とした表情の芳秀が、僅かに目を見開くのを望は見た。帰れと追い出されたことは多々あっても、また来いと言われたことなどない。たとえ料理人に望の味覚が異常だと伝えても、胡散臭い目で見られて終わりだろう。

なのにこの松倉という男は、芳秀の言い分を信じたようだ。

「じゃあ、都合付いたら大河屋まで連絡してくれ。良かったな、今日の夕食代浮いたぞ望」

「おい！」

「金はいらないって言ったのは、そっちだろう」

険悪な空気が、急に変わったと望は気付くけれど、どうしてそうなるのか理由は分からない。

きょとんとして立ち尽くしていた望は、芳秀に手を引かれ、かなり強引に店から連れ出された。


明日の仕入れ確認を丁稚達に指示してから、望は芳秀の部屋に向かう。珍しいことに、望

は数日前の『クレエ』での出来事を忘れられずにいた。

味覚障害だということもあり、これまで『料理』に執着したことはない。なのに松倉の作った料理と彼自身の言動が頭から離れないのだ。

——話をしたいって言っていたけれど……無理だろうな。

もし奇跡的に、松倉が興味を示してくれたとしても彼の店は数ヶ月先まで予約が入っている繁盛店だ。

それに芳秀だけならともかく、自分は大河屋の手代にすぎない。

「失礼します」

「お疲れ。飯はまだだったろ？　用意してあるから、ここで食ってけ」

「……はい」

脚を投げ出してだらしなく座る芳秀の前には、膳が二つ置いてある。一つには芳秀が飲む酒とつまみ。そしてもう一つは、望の夕食だ。鮭(さけ)の切り身と青菜、それと豆腐の味噌汁(みそしる)に麦飯がどんぶりいっぱいに盛られている。

他の店の奉公人では考えられないほど、贅沢(ぜいたく)な食事だと望も分かっている。なによりこうして望用に膳を分けてくれる芳秀の配慮に、望は正座をして頭を下げる。

「いつも申し訳ありません」

「いいんだよ。大皿料理は、苦手だろ。お袋も分かってるから、気にするな」

心因性の味覚障害は、単に望の舌から味を奪っただけでなく『口そのものが汚れている』という歪んだ意識を植え付けてしまっていた。

そのせいで、たとえ箸で取り分ける大皿料理でも、他者と皿を共有してしまう状況が望には耐えられないのだ。初めて奉公人達と大皿料理を囲んだとき、望は『汚れた自分が、一緒に食べていい訳がない』と感じてしまい、取り分けられても口に運ぶことすらできなかったのである。

そんな望の異変を察してくれたのは、台所を取り仕切る芳秀の母で、以来大皿のおかずが出るときには芳秀の部屋に膳を用意してくれるようになった。

有り難いと思う反面、大河屋に対して申し訳ない気持ちでいっぱいになる。少しでも恩返しがしたくて必死に働いているが、やはり味が分からないという欠点は覆しようがなく、最近は焦りばかりが募っていた。

「とりあえず、食いながら話ししよう。腹に入れなけりゃ、倒れちまうからな」

「あ、芳秀兄さん。その乾し蛍烏賊(ほしほたるいか)……今日仕入れた品ですよね」

「確認だよ、確認。ちょっとくらい、目ぇ瞑(つむ)ってくれよ」

吟醸酒(ぎんじょうしゅ)を飲みつつ、いたずらっ子のように片目を瞑る芳秀に望もつい苦笑する。他人にはどうしても距離を置いてしまう望が唯一、芳秀だけに本心を見せられるのは、彼のこうした気取らない性格のお陰だ。

「そんじゃ本題だけどよ、『クレエ』はどうだった？」

外で食事をした後は必ず聞かれることなので、芳秀の質問は予想通りだ。なのでいつもと同じように、首を横に振る。

「一樹（かずき）でも、駄目だったか」

これまでとは違い、シェフを名前で呼んだ芳秀に違和感を覚えた。

箸を止めて探るように見つめると、芳秀が悪びれた様子もなくとんでもない事を告げる。

「あいつとは随分前からの飲み友達でさあ、今年で二十六歳なんだけど、二十歳（はたち）から店もってるんだぜ。洋食の分野じゃ有名だから、一樹の料理なら味が分かるようになるかなって期待したんだけど……」

「どうして先に、そんな大切な事を教えてくれなかったんですか」

「言ったら望、泣いて行くの嫌がるだろ。それに俺の友人がシェフだって言ったら、望は気を遣って『美味しい』って言うに決まってるからな。本心を聞きたかったんだ」

涙目になって非難する望の頭を、芳秀が乱暴に撫（な）でる。これまでも立派な料亭などに連れて行かれたが、事前にどんな店かは説明されていた。

今回もそれなりに名の知れた店だと聞かされていたものの、望が考えていた以上の格を持つ店と分かり動揺を隠せない。その上、芳秀の友人だと教えられ申し訳ない気持ちでいっぱいになる。

望のしたことは、芳秀に恥をかかせたも同然の行為だ。

「素直な意見を聞きたかったんだよ。望は気を遣いすぎるから、本当の事を話したら絶対に塩なんてかけなかっただろ」

確かに、芳秀の言うとおりだ。

これまでも他の店で食事をする際には、店員に悟られないよう望なりにこっそりと塩や醬油を料理に足していた。

「……でも、松倉さんの作る料理は……美味しいんですよね？」

確かに望には、味は全くわからない。けれど、食材を扱う者の勘とも言うべきものが反応したのだ。

すると芳秀が、興味深げに目を見開く。

大河屋に来て『味覚障害』という病気が確定してから、望が味に興味を持ったのは初めてだからだ。

「俺が食べてきたどんな洋食より、断然美味い。偉そうな態度が気にくわない時もあるが、腕は確かだ」

なにやら違う批評が混じってる気がするけど、とりあえず望は聞かなかった事にする。

「お前が気にするって事は、脈ありか……じゃあ、決まりだな。明日『クレエ』に行くぞ。ていうか、もうきまってんだけどさ」

「えっ」

「望が初めて興味を持ったんだ。俺の勘が正しかったたってことだ」

悦に入ってる芳秀は、慌てる望に笑ってみせる。

「でも簡単に、予約は取れないんじゃ……」

「あいつ一人で切り盛りしてるから、気に入らなけりゃ一方的にキャンセルするんだぜ。それでもお偉いさん達は、文句も言わずにまた予約をいれるんだ。よくあれで、商売成り立つよなあ」

「あの……それって、すごいお店ってことですよね。でもどうして、お一人で切り盛りしているんでしょうか？」

それだけの腕なら、もっと大きな店を構え従業員を多く雇っても十分やっていける筈だ。

疑問を口にすると、芳秀が肩をすくめる。

「あいつ、気難しいんだよ。それと初めに持ってたでかい店は、同業からやっかまれて色々面倒になったから引き払ったって聞いたな。でも財界や華族の常連客がついてるから、あんな経営でも成り立ってるんだとさ。あれ、話してなかったっけ？」

さらりと告げられ、望は卒倒しそうになる。

つまり自分は、同席することすら畏れ多い華族の人々と、同じテーブルで食事をしてしまったのだ。これまでも芳秀に連れられて、奉公人の身分ではとても入れないような店で食事をしたことは何度もある。

しかし『クレエ』程の高級店は初めてだった。

「どうしましょう。僕なんかが、入っていい場所じゃないのに……」

「気にすんなって」

そう言われても、気にせずにはいられない。

「お願いします、芳秀兄さん。今からでも予約はなかったことにして下さい。僕は行けません」

「そう言われてもなあ。帰り際にも言われたけど、あの後改めて一樹から、お前を連れてくるように言われてるんだ」

どうも芳秀は、『クレエ』で食事をした翌日に、一人で松倉の店に出向いたらしい。

そして改めて、望が何故あのような行動を取ったのか、かいつまんで理由を説明したというのだ。

流石に望も表情を強ばらせるが、芳秀が軽々しく病気の理由を第三者に言う訳がないと分かっているので、彼の意図を最後まで聞くことにする。

「塩をかけられて怒るのは当然だって俺も言ったんだぞ。松倉にいわせりゃ『そこまで不味いなら、食べなければいい』。なのにソースまで全部食べた。単純に料理が気に入らないだけじゃないって見抜けなかった自分も許せない――って事だそうだ。珍しく参ってたから、少しばかり事情を説明した。すまん」

「……そういう事でしたら……構いません」

「子供の頃の生活が原因で、味が分からないってことしか言ってない。過去の詳しい事は話してないから安心しろ。あいつが知ってるのは、金がなくて飯が食えなかったたってことだけだ」

それだけでも、松倉の良心は相当傷ついたようでどうしても近日中に謝罪したいという流れになったのだという。

真剣に話を聞く望とは対照的に、何故か楽しげな芳秀に眉(まゆ)を顰(ひそ)めてしまう。

「気取ったあいつが、久々に挫(ざ)折(せつ)を味わったんだ。なかなか愉快だったぜ」

「嫌い……なんですか?」

「いいや。気に入らない時があるってだけ」

なにやら不機嫌そうだが、芳秀は酒に口を付けてそれ以上は話さない。嫌な感じはしなかったので、望もあえて深くは踏み込むのを止(や)める。

「あの時、芳秀兄さんが味覚障害のことを言ってくれたから、松倉様も信じてくれたんですね」

そんな病があるなど、大抵は知らないし理解もしないだろう。だが松倉は疑いもしなかった。

「いいや。あれはあいつが判断した事だ。納得できなけりゃ、俺の話だってあいつは絶対に信じやしない」

「……そうなんですか」

「じゃあ、ともかく明日行くからな」

言い切られてしまうと、望に反論の余地などなかった。

——本当は行きたくないけれど……断ったりしたら、芳秀兄さんに申し訳ないし。

いくら料理に興味を持ったとはいえ、味覚が戻ったわけではない。それに松倉という名の知れたシェフに、時間を割いてもらうのは申し訳ないとも思う。

——僕があの時、我慢して塩をかけなければこんな事にはならなかった。

罪悪感ばかりが胸に広がり、折角作ってもらった夕食も喉を通らなくなる。


しかし翌日になって、事態は更に望にとって悪化した。

一緒に行くはずだった芳秀が、普段の素行の悪さを大旦那に咎められ十日程『修業』という名目で港近くの倉庫へ出向させられることになってしまったのである。倉庫に常駐すれば、昼夜問わず港に入る船の荷を検分する他に、力仕事も任される。

つまりは大旦那直々に、お仕置きの沙汰が出されたのと同じだ。

望は自分を連れ出したことが原因だと芳秀を庇ったが、大旦那から『芳秀は花街通いをしている』と聞かされ、流石になにも言えなくなる。

――芳秀兄さん……そろそろ身を固める歳なんだから、しっかりしてよ。

番頭達は呆れかえって愚痴をこぼしていたが、望は心で思っても口にはしない。それよりも問題は、今日の夕食である。断りを入れようにも、芳秀は夜明け前に倉庫へ連行されたので連絡を取るのはまず無理だ。

行かないという選択も頭を過ぎったが、一日に迎える客はランチとディナーに各一組だけと決めている店に連絡もなしに行くのをやめれば、その分確実に食材が無駄になる。味が分からなくなっても、望は常に空腹だった幼少期を忘れておらず、食事のありがたみは身にしみていた。

――ともかく、芳秀兄さんのことも説明しないとならないし。行くだけ行こう。

少しでも失礼にならないように、望は仕事が終わると店頭に出ている中で一番良い乾し昆布を買い、『クレエ』へと駆けだした。

夕方からの開店準備をこなしながら、松倉は数日前に訪れた芳秀と望のことを思い出していた。

『大河屋』の跡継ぎである芳秀とは、随分前からの友人だ。

所謂（いわゆる）、悪友と呼んだ方が早いかもしれないが、それなりに気は合うので何時（いつ）からか時間が合えば飲みに行く仲となっている。

そんな芳秀が、なぜあんな小僧をわざわざ連れてきたのか正直疑問だった。嫌がらせにしては、たちが悪いし何より芳秀の意図が分からない。

食事をした翌日、一人で訪れた芳秀から望の『味が分からなくなった理由』を教えられたのである。

それも『味音痴』などというレベルではなく、幼少期にまともな食事を取れなかった事が原因の『味覚障害』であると知らされた。

芳秀は松倉の腕を相当信頼しており、もしかしたら『美味しい』という感覚を思い出してくれるかもと一縷の望みを抱いていたとまで言われて完全に打ちのめされた。

と同時に、望という青年の抱える『味覚障害』をこの手で治してやろうと決意も固めた。

正直、望の行為は松倉のプライドを粉々にした。

味の分からない客から的外れの批評を告げられた事もあったが、それはこれまで積み上げた自信ではねのけてきた。

けれど、自信作に淡々と塩を振りかけた上に完食する望を前にして、どんな暴言よりもシヨックを受けたのは否めない。

作った料理を全否定されたも同然で、ついらしくなく感情的になってしまった。だが問題は、その後だ。

彼らが帰ってから、塩で真っ白になった料理を悲しそうに食べる望は見ていて痛々しかったと松倉は思い出す。あの時は怒りで冷静さを欠いていたが、単に嫌がらせや味音痴であれば完食する必要はない。

だから松倉も、芳秀の言葉が嘘ではないと理解できたのだ。

「彼も、相当悩んでいるんだろう……」

テーブルの花瓶に花を飾りながら、松倉はぽつりと呟く。

料理人として、客の心理状態を見抜けなかった自身に呆れてしまう。文句を言って料理を拒否するならまだしも、望はコース料理を完食したのだ。

ただ不満を口にするだけの客とは違うと、どうして察せられなかったのかと松倉は反省する。

「誰の事を気にしているんだい？」

「……高寺」

入り口のドアが小さく軋んだ音を立てて開き、流行りの洋装に身を包んだ青年が入ってくる。襟足を少し長めに伸ばした黒髪を鬱陶しそうに撫でつける所作は芝居がかっているが艶があり、初めて見た者なら息を呑(の)むだろう。切れ長の目をゆっくりと上げ、わざとらしいほどの甘い笑みを浮かべて青年が近づく。

見目は、まるで役者のように美しいけれど、松倉は見惚(みと)れることなく相手を睨(にら)む。

「そんな恐(こわ)い顔をしないでほしいな。せっかく訪ねてきた恋人に、優しい言葉の一つもかけられないのかい？」

「お前との関係は、とっくに切れている。この店まで汚すな。さっさと出て行け」

返答を聞き、張り付いたような笑みが僅かに崩れる。しかしその動揺を隠すように長めの前髪をかきあげ、高寺が尚(なお)も話しかけてくる。

「つれないことを言わないでほしいな、一樹。また一緒に仕事をしよう。貴方(あなた)のためなら、何でもする覚悟はできてる」

「なんでもするなら、私の前から消えろ」

静かな怒りを滲(にじ)ませる松倉に、流石にこれ以上刺激するのは得策でないと判断したのか高寺が悲しげにため息をつく。所作も表情も一見すると美しいが、それは全て計算されたものだと松倉は知っていた。

以前の店を引き払ったのは、高寺の雇ったチンピラが従業員に嫌がらせをしていた事が原因だ。

決して松倉には危害を加えず、周囲からじわじわと人を排除していくやり方になかなか気づけず、発覚したときには従業員は半分以下に減っており、やむなく松倉は店をたたんだのである。

その後、店を潰された憂さ晴らしで飲み歩いていた時に芳秀と知り合い、現在の住居を紹介された。

大河屋の後ろ盾もあり、この一年は高寺に気づかれず順調に経営してきた。だが、高寺も彼の人脈を使って松倉の居場所を探し続けていたのだろう。

この蛇(へび)のような執念深さは、以前となにも変わっていない。

周囲は高寺を訴えろと勧めたが、嫌がらせは一年も前の事で現時点で証拠はない。それに高寺自身はあくまで松倉を勧誘するだけで、直接手を下すのは第三者経由で雇ったごろつきばかりだ。

従業員を雇わなければ被害も出ないと考えていたが、これほど執拗(しつよう)に追いかけてくる高寺の執念に嫌な予感を覚える。

「私を蔑(ないがし)ろにしたのは、貴方が初めてだ。諦(あきら)めないよ……でも安心して。君は好きだから危害は加えない。でも君の周囲には、何か起こるかも知れないね」

「出て行け。次に問題を起こしたら、私もそれなりの対処をさせてもらう」

「そんな顔しないで、穏便に済ませようよ。じゃ、また来るから」

そう言い残して、高寺が店を出ていった。

店の入り口へ続く石畳を歩いていた望は、木陰から現れた青年とぶつかりそうになり慌てて道を譲った。

「申し訳ございません」

深々と頭を下げるが、相手は望の存在など道ばたの石ころ程度にしか認識していないらしく、そのまま歩き去ろうとした。

だが数歩も行かないうちに足を止め、望を振り返る。

「君は、この店の従業員かい？」

顔を上げ、改めて青年を見た望は、その妖艶（ようえん）な美しさに見惚れてしまう。洋服は流行りの色を使った洒落（しゃれ）たスーツで、見事に着こなしている。

歌舞伎の女形（おやま）と言われても通用しそうな面立ちだが、その目だけは異様に冷たく何をされたわけでもないのに背筋が冷たくなった。

「とんでもありません、僕はただの御用聞きです」

仕事着に薄い綿入れを羽織っただけで来てしまったので、松倉に客として呼ばれたなどと言えば店に悪評が立つだろう。

なので望は、咄嗟に嘘をつく。

幸い手ぶらでは申し訳ないからと、望は乾し昆布を持ってきていたので、青年も疑いはしないだろう。

――それにしても、綺麗な人だなあ。

望の返答を聞いても、青年は特に興味を示した様子もなく、再び門へと足を向けた。それなりの地位にある人間としては当然の態度だし、どちらかと言えばこんな身なりの自分に声をかけてくれたことの方が奇跡と言えた。

青年の姿が門の向こうに消えたのを確認して、望はため息をつく。

「やっぱり、こんな格好で正面玄関から出入りするなんて失礼だよな」

安い古着を着た望が目立つ場所にいれば、当然松倉の店の評判は落ちる。特に、こういった上流階級を相手にする店に来る客は、些細な事にも敏感だ。

「松倉様に頼んで、厨房の出入り口を使わせてもらうようにしよう」

自分の身分くらい、望は弁えているつもりだ。今日の訪問も自分なりに自制していたつもりだが、内心では舞い上がっていたのでこうして正面から来店することに抵抗を感じなかった。

その結果がこれだ。

望は浅はかな自身の行動を反省しつつ、松倉の待つ店の扉を開けた。

「お待ちしておりました、戸宮様」

てっきり罵倒でもされるかと思っていた望は、扉を開けた途端穏やかな挨拶に迎えられて、拍子抜けしてしまう。

「えっと……あの。改めて、お詫びに参りました。この昆布は、お詫びの品です。どうかお受け取り下さい。先日は松倉様に不快な思いを――」

大切に抱えてきた乾し昆布を差し出して、望は深々と頭を下げる。

「止めてくれないか。君も悪気があってやった事じゃないのは、芳秀から聞いている。そういえば、あいつは？」

言葉を選びながら、望は芳秀が来られなくなった理由を告げる。

すると何故か、松倉は驚くどころか声を上げ笑い始めた。

「そうか、叱られたのか。相変わらずだな」

初めて見る彼の笑顔は、年相応の気さくなものだ。他人とは一線を置くような雰囲気は消え、望のよく知る所謂『職人らしさ』が前面に出ている。

僅かだが緊張の解けた望はほっと息をつき、改めて松倉を見つめる。

洋食店の配膳係らしい白のシャツに黒の長エプロンを腰に巻いた姿はとても似合っていて、望は見惚れてしまう。

自分も日本人離れした顔だとよく言われるが、それは極端に細く童顔という意味合いが強い。

けれど松倉は彫りの深い容姿もそうだが、身長も外国人と比べてもそう変わりないように思えた。

「あいつらしいな。そういえば正式な自己紹介がまだだったね、改めて名乗るよ。レストラン『クレエ』料理長兼雑用係の松倉一樹だ。それにしても、こんないい利尻（りしり）昆布を頂いてしまって、いいのかい？」

昆布は白い紙袋へ入れてきたので、産地などは一切明記されていない。なのに一目で見抜いた松倉に、望は感心する。

「大河屋の手代をしています、戸宮望です。お若いのに、二軒目のお店を持つなんて、すごいですよね。尊敬します」

「望君も、丁稚から手代へ最短の昇進だったたって聞いているよ。……って、お世辞合戦はどうも居心地が悪いな。気楽にしてくれ」

多少ぎこちないながらも挨拶を交わした後、望は松倉に促されて席につく。

芳秀が同行していないことを理由に帰されることも覚悟していたが、松倉は気にする様子もない。

それどころか、機嫌が良さそうにも見える。

「あの、松倉様は……」

「松倉でいいよ。言いにくかったら、せめて『さん』付けで頼む」

「はい……松倉さん、は……芳秀兄さんとは喧嘩してるんですか？」

うっかり兄と付けてしまい、望は口元を押さえた。

「余程、仲がいいんだな。けれどあんなのを兄と思っているのは、教育上よくない」

含みのある言い方だが、その目は楽しそうに笑っている。先日の帰り際の松倉と芳秀の言い合いからして素直に友人とは言いがたいような気がする。

実際、芳秀も松倉のことは悪友と言っていた。

「芳秀とは、いつもあんな調子だ」

困惑が顔に出てしまったのか、松倉が料理の準備をしながら話し始めた。

「あいつとは花街で遊んでいた頃に知り合ってね。芳秀が気に入ってた遊女が、私になびいてしまった事が何度かあって、下らない喧嘩もよくした。——それでも顔を合わせれば、飲みに行くくらいの仲だ」

男女の触れ合いどころか、初心な恋愛にも疎い望にとって松倉の話を聞いてもどう反応してよいかわからない。ただ、酷く恥ずかしい事を話されている気がして、耳まで真っ赤になる。

「望君には、少し刺激が強かったようだね」

「いえ……すみません」

「君が謝る事じゃないだろう」

俯いて戸惑う望に対して、どう対応すればよいのか松倉が悩んでいると気付いてしまう。

元々、人付き合いは苦手で大河屋に来てからも友人と呼べる相手はいない。

お客商売なので愛想はよくするようにと番頭からたたき込まれたので、必要最低限の会話は成立するがそれだけだ。

休みの日も品物の在庫確認や、急な配達の手伝いなどを自ら買って出ているので親しくする奉公仲間もいない。

そんな中、店で孤立せずにいられるのは芳秀がなにかと構ってくれるお陰だ。

——やっぱり帰ろう。

会話の下手な自分が長居しても、松倉を困らせるだけだろう。そう判断して席を立とうとすると、意外な言葉をかけられる。

「望君。この間は、悪かった。あそこまで味を全否定されたことはなかったから、流石に頭に血が上った」

やはり彼は、許していなかったのだと、望は怒鳴られるのを覚悟して身を竦める。しかし罵声を覚悟していた望に向けられたのは、冷静な分析だった。

「――けれど問題は、その後だ。あれだけ塩を振ったにもかかわらず、君は完食した」

己の中にある正しい理論を、松倉は感情を交えず伝えようとしてくれているのだと気づく。

「その時点で、君が単に料理を否定したのでないと気づけなかった私に非がある」

「松倉さん……」

料理人にしてみれば、どんな理由があれ望のした事は人生の否定にも似た行いだ。これまで積み上げてきた苦労が大きければ大きいほど、自尊心を傷つけられたことになる。

しかし松倉はあくまで冷静に、物事の本質を探ろうとしてくれていた。

「もしよければ、私に君の舌を正常に戻す手助けをさせてほしい」

――芳秀兄さんは、僕が虐待されていたことを話してない。――この人は、本気で言ってるんだ。

だとすれば、彼は善意で申し出てくれている。不幸な境遇ゆえに、望は幼い頃から哀れまれることには慣れていた。

哀れみから来る施し自体に甘えることはないが、かといって怒る事もしない。むしろ、こんな自分を気にかけてくれる他人に対して、申し訳ないとさえ感じる。

だから松倉の言葉に、望はどう答えて良いものか考えてしまう。本当の事を言えば、松倉に過剰な気遣いをさせてしまう事になりかねない。

けれど嘘をつき通すには、難しすぎる問題だ。

「理由も聞かず怒ったのだから、私に不信感を持っていても当然だ。これは私が勝手に言い出したことだから、嫌なら断ってくれて構わないんだよ」

「違います。そうじゃないんです！」

真摯な松倉の態度に望は虐待の具体的な内容を伏せつつ、自分の舌が正常でない理由を説明しようと決める。

「その……僕は物心ついた時から、ちゃんとした食事をしてなくて」

どう説明すれば、松倉が気分を害することなく理解してくれるか。この点が望にとって、最も重要な事だ。自分の過去は、聴き手にしてみれば不快な物だという事は理解している。

けれどどう取り繕っても、汚れた過去を誤魔化すには限界があった。

そんな心の葛藤（かっとう）が、表情に出てしまったらしい。

「栄養状態がよくなかったというのは、芳秀から聞いている。他にも理由があるのか？」

優しく促しているけれど、彼の目は真摯に望を見据えていた。

――誤魔化しても、松倉さんは嘘だって見抜く。

ならば下手な嘘をつくより、真実を言ってしまった方が早い。松倉の問いかけに、望はこくりと頷く。

「お金がなくて、食べられる物はなんでも食べてました。長屋の人たちから分けてもらうこともあったんですけど、腐りかけだったりカビていたりして……」

長屋で暮らした二年ほどは極貧で、そんな物でも食べられれば幸せだったと望は続ける。

「大河屋に引き取られてから、やっと普通の食事ができるようになったんですけど、その頃にはもうなんとなく分かる味は、しょっぱかったり、苦かったり……くらいになってたんです。それも芳秀兄さんに言わせれば『普通なら食べられない』らしくて」

「大河屋でも、あんなふうに食事をしているのか?」

「奥様が気を遣って下さって。僕だけ味を濃くしてくれたり、大皿料理の時は別の献立を作ってくれます。本当に、皆さん良くして下さって……」

「大皿料理? どういうことか、聞いて良いかな。私は望君が、子供の頃まともな食事を与えられていなかったとしか聞いていないんだ」

うっかり口を滑らせてしまったが、もう遅い。しかし自分の味覚異常がどれだけ酷いか理解してもらうには、適当な内容だとも考える。

「その……僕は腐ったものを食べ続けてたせいか……」

どう言えばうまく伝えられるか分からないので、望は考えながらぽつぽつと言葉を紡ぐ。ちらと松倉の顔色を窺(うかが)うが、彼は静かに耳を傾けてくれている。

——嫌われたくない。

不意に過ぎった強い感情に、望自身が驚いた。ごく限られた人にしか、この秘密は明かしていない。知られれば、奇異の目で見られることだと、よく分かっている。

けれど今更誤魔化しもきかない。

追い詰められた望は、振り絞るように自身の抱える問題を告げた。

「……自分が汚いと思ってしまうらしいんです。らしいって言うのは……僕は本当に汚いんですけど、芳秀兄さん達が違うって言ってくれて……」

深層心理の問題だと、診てくれた医者は言っていた。難しい言葉だから望にはよく分からなかったけれど、芳秀の説明によると『考えすぎ』という事らしい。

こういった思い込みは、薬で治すことは難しく、本人が気持ちの切り替えをできるまでは医者も手の施しようがないとさじを投げられた。

そんな理由もあって、芳秀は治るきっかけを探して、望に様々な料理を食べ歩きさせているのだ。

「医者が精神面に原因があるというなら、美味しい物を食べたからと言って治るものではないな。まずは望君が、落ち着いて食事ができる環境を整えることが必要だと、私は思うよ。ただ今の状況では、難しいが」

奉公人である以上、全員揃(そろ)っての食事が基本だ。身内意識を高め、仕事の情報を交換する場としても、食卓はとても大事な場所なのである。

特例として、望は芳秀の部屋で食事を取る事もあるけれど、当然毎日というわけにはいかない。

「大河屋の奥様には、本当によくしてもらっていて。これ以上迷惑はかけられません」

「別に大河屋のやり方が、間違っていると言ってるわけじゃない。ああいう大店に奉公していれば、自然と食事は大人数で済ませる事になるしね」

腕を組み、何事かを思案する松倉の前で望は所在なく黙っていた。会うのは二回目で、それも二人きりになるのは初めてだ。おまけに松倉は、手代でしかない自分と違い若くして店を構えている。

こんな立派な人が、真剣に自分の事を考えているという現実が不思議だった。

「望君。今の話を聞いて、私は自分が思い上がっていたと自覚したよ」

「え？」

まさかそんな言葉が返されるとは思ってもいなかったので、望は一瞬なにを言われたのか理解できなかった。

「君が来たら、私の料理を食べてもらって舌を正常にもどすつもりでいた。けれど、そんな簡単な事ではないいんだね。すまない」

「いえ、だって松倉さんは、知らなかったんですから……だから謝らないで……」

手の動きで続く言葉を止められ、更に予想もしていなかった事を松倉が告げる。

「提案なんだが。まかないで良ければ、夕食は店へ食べに来てくれないか？　忙しいのなら、毎日でなくてもかまわない」

「そんなっ、勿体（もったい）ないですよ。僕なんかに」

「ちょっと気になるから、触るよ」

「え？」

本気で慌てている望に、松倉が身を乗り出す。そして医者がするように、いきなりあかんべえをさせるように下瞼に触れてくる。

料理人の手だから端正な顔に似合わず無骨だけれど、動きはとても繊細だ。望は特に抵抗もせず、彼にされるままになる。

至近距離で目を覗き込まれ、指先を触られたりするうちに、自分でも分からないけれど何故か頬（ほお）が熱くなってくる。

「すまないね、素人（しろうと）判断だけど顔色が気になったんだ。私の料理にあれだけ塩をかけるくらいだから、普段から味の濃いものしか食べてないだろう」

事実なので望はこくりと頷く。

出された物はなるべく食べるようにしているけれど、どうしても食欲のわかない時は、同僚に分けてしまうこともよくあった。

「それでは栄養が偏る。病気にでもなったら、大河屋にも迷惑がかかるだろう」

『迷惑』という言葉を出されて、望はびくりと肩を震わせた。

けれど松倉に夕食を作ってもらう方が迷惑になるのではと考えてしまい、どうしても彼の提案に頷けない。

「誤解のないように言うけれど、これは一方的な施しじゃない。新しいメニューを作るときは、色々な材料で試すんだ。全部は食べきれないから、君が食べてくれると無駄にならなくて助かるんだが」

「お気持ちは、有り難いのですが」

押し問答になりそうな雰囲気を察して、松倉が話題を変えた。

「強引すぎたね。いくら私が誘っても、君が食べられないのなら意味がない。とりあえず、今日用意した分だけでも口にして、もし大丈夫そうなら考えてみて欲しい」

彼の立場を考えれば、遠慮ばかりする望に呆れても仕方がない。なのに松倉は、根気よく望の気持ちを解きほぐそうとしてくれる。

——芳秀兄さんに頼まれてるからかも知れないけど……嬉しいな。

哀れみではない真っ直ぐな優しさは、素直に嬉しく感じる。きちんと望の自尊心を理解した上で、松倉は気遣ってくれているのだ。

厨房に入った松倉が用意してあった食材を手早く調理して、テーブルへと運んでくる。

「最近、新しいメニューを考えてみたんだが。正直不安でもある」

「松倉さんでも、不安になるんですか？」

「当然だよ。洋食は基本的に、味付けが濃いんだ。これまでは乾物の出汁(だし)を少し使ったりしていたけれど『乾物そのもの』を料理に加えてみたいんだ」

驚きもあるが、同じ食べ物に携わる仕事人として、常に向上心を持つ松倉に望は益々(ますます)惹(ひ)かれた。

「食べるのが辛いなら、残してくれ。調味料も、気にせず使ってくれ」

打ち明けてしまった以上、隠す事もない。望は松倉に頭を下げてから、前回と同じくヒレ肉のソテーに塩をかけ始めた。

洋食のマナーに慣れていない望に気遣ってか、肉は一口程度の大きさにあらかじめ切られていた。細やかな心遣いに感謝しながら、望はヒレ肉を口に運ぶ。

——歯ごたえもあるのに、柔らかい。

彼と話をした後だからか気持ちが落ち着いており、料理に意識が集中できる。

「味は分からないけれど、食感は好きです。あと、盛りつけも」

前回は緊張でぼんやりとしか感じ取れなかったが、これまで芳秀に連れられていった何処の店より、松倉の作る料理は食べやすいと改めて思う。

初めて食べる洋食だから、という単純な理由だけではないと望は分かっている。

――松倉さんの料理に対する考え方っていうのかな。食材に対しても、お客さんに対しても誠実なんだ。

味の分からない望が頼りにしているのは、知識と経験と感触。

そして培った勘だ。

松倉の料理を食べていると、新しく仕入れた乾物が予想通り好評だった時と似た感覚が胸を過ぎる。

これはきっと、美味しいものだと、望の『勘』が告げる。けれど流石にこの感想は思い上がりなので、口にはしない。

「こっちは試作品なんだ。食べてみた感想を言って欲しい」

「僕でよければ……」

出された物は、歯ごたえのある青菜に似た野菜と色味の強い人参。その上には薄茶色の透明なゼリーが細かく砕かれて乗せられている。

「寒天はデザート以外にも使えるのは大体分かった。あとはメインに高野豆腐を入れてみたいんだがどうだろう?」

味は分からないけれど、その分食感には敏感だ。

和菓子に使われる寒天を幾らか堅めに成型すると、口の中に入れてもすぐには溶けない。

弾力のあるそれを野菜と一緒にかみ砕き、望は初めて調味料を振りかけずに食べきった。

「寒天のソースはいいと思います。でも……僕が洋食に不慣れなせいもありますけど、分量を間違えるとちぐはぐになる気がします」

野菜との相性は悪くない。むしろ新しい物を好む流行に乗れば、絶対に成功すると望は確信する。

味が分かればもっと踏み込んだ事も伝えられただろうけど、望には食感を伝えるので精一杯だ。

その答えを聞いて、松倉が満足げに微笑む。

「そういった感想が聞きたかったんだ。味だけじゃなくて、多角的な面から意見が聞きたかったからね」

「でも僕は、料理に関しては素人ですし」

食べてはみたものの、やはり味が分からないし、厨房に立ったこともない。歯ごたえが良いとか悪いとかなんて、誰でも言えることではないかと望は反論を試みた。

「素人にしか言えない意見もあるだろう。それに、望君には申し訳ないが、味を気にせず食材のみの組み合わせを冷静に教えてもらって勉強になった」

何となく、松倉が自分に求めているものを感じ取り、望は口を開く。

「味の感想は言えませんけど、それでもかまわない……なら……」

「よかった」

ほっと胸をなで下ろす松倉に、大げさだなと思いつつも悪い気はしない。彼が諦めず色々と来る理由を作ってくれるから、望も頷くことができたのだ。

デザートを食べ終えた頃合いを見計らって、松倉が分厚い洋書を持ってくる。興味を示す望の前に本を置き、適当なページを開いた。

「わあ……」

恐らくフランス語で書かれたその本には肉料理の見本が細かな説明と共に載っている。当たり前だが、望には外国語など読めないので、もっぱら挿絵の方に視線が向く。

「これはソーセージと言ってね、豚肉の腸詰めだ。こっちは保存用のベーコンの作り方」

初めて見る西洋の品々に、望は真剣に見入る。

「西洋には、乾し肉の文化がある。いずれ日本にも広まるだろうね。良かったら読んでみるかい」

「乾し肉、ですか」

大陸の物資を専門に扱う店で、豚の肉を見せてもらったことはある。けれど大河屋で扱うのは、日本沿岸の海の物が大半だ。

芳秀は色々と新しい商品を扱ってみたいようだけれど、番頭達は商品の知識がないので万が一の時に対応ができないと言う理由で、仕入れを渋っているのが現状である。

「よかったら、持って行くかい？」

「いえ、僕は個室じゃないからなくしたら申し訳ないですし」

「ならいつでも来て、読めば良いよ。芳秀を支える手代として、商品の勉強は必要だろう」

これも、望が毎日来られるようにという、松倉なりの配慮だろう。どれだけお礼を言っても足りない気がして、望は深々と頭を下げる。

「本当に、僕なんかにここまでよくして頂いて。ありがとうございます」

「だからそんなに硬くならないでくれよ。君を誘ったのは、私なんだから」

言いながら、松倉はポケットを探り、鍵束を出す。そしてその中から、一つを抜いて望へ手渡した。

「玄関の鍵だ。自由に出入りしていいよ」

「あ……」

受け取ろうとした瞬間、店の前で身なりの良い客にじろじろとみられたことを思い出し望は首を横に振る。

「その、僕のような身分の者が正面から入るのは気が引けます。お店の評判にも関わりますし。せめて裏の勝手口から入る許可を頂けませんか？」

「気にするな。君の事で文句を言うような客は、二度と立ち入らせない」

「駄目です！　こんな立派なお店なんですから……本当は僕みたいな者が気軽に入って良い場所じゃないのも分かってます。それでも自由に入らせて頂くのなら、せめて御用聞きという体裁にして下さい」

「……仕方がないな」

必死に頼み込んだかいもあり、望は正面玄関からではなく厨房への出入り口に繋がるドアの鍵を受け取った。


食事の後、松倉は望と話し込んでしまい、気がつけば時刻は夜半の九時を回っていた。泊まっていくようにと望を引き留めたのだけれど、手代の身分で外泊などできないと頑なに断られてしまった。

「——なにか不都合があれば、大旦那には私が無理に引き留めたと言ってくれ」

「食事まで頂いたのに、これ以上ご迷惑はかけられません」

外は随分と冷え込んでいるようだが、望は普段着の上に薄い綿入れを羽織っただけでいそいそと出て行こうとする。

「そんな格好で帰ったら、風邪を引かないか？　外套を貸すから待ちなさい」

「大丈夫です。本当に、平気ですから気にしないで下さい」

北風が木々を揺らす音が聞こえてくる。

子供扱いするつもりはないけれど、大河屋の次期番頭候補に風邪でも引かせたら芳秀が怒鳴り込んでくるだろう。

――仕事ができるという理由抜きでも、随分目をかけているようだしな。

話をして分かったのは、望が大河屋にとってなくてはならない存在であり、同時に皆から大切に育てられているという事だ。

なのに本人は、気付いていない。というか、自身が気にかけてもらえる存在だと理解していないのだ。

それは鼻につく謙遜ではなく、望本来の性格から来るものだから、余計に周囲は庇護欲をかき立てられるのだろうと松倉は内心思う。

食事の誘いを承諾させるのにも苦労したが、今も外套一枚を借りるにも過剰に遠慮する望を見ていると、胸が痛む。恐らく望は、一番多感な時期に『優しさ』という物を与えられずに育ったのだ。

――あるいは守られる価値がないと、何かしらが原因で思い込んでいるのだろう。

そうでなければ、他者からの善意をここまで拒む理由が分からない。

身支度を整えた望を、松倉は咄嗟に引き留める。

「そういえば、君の好きな料理を聞いてなかったな」

「……好き嫌いは……とくにありません……味は、分かりませんから」

客商売をしているのに、望は言い淀むことが多い。恐らく、味覚がない事が原因で自信が持てないせいだろうと松倉は推測している。しかし今は、それとは違う違和感があった。どこか拒絶するような響きを、松倉はあえて気付かないふりをする。ここで無理に聞き出しても、きっといいことはない。だからわざと軽い口調で、説明をする。

「いや、味のことじゃないんだ。苦手な食材があれば遠慮なく言ってほしい。例えば、舌触りが苦手だとかね。嫌なものを、無理に食べさせたくはないから事前確認だよ」

先程試食をしてもらった際、望の感想を聞いて彼の舌が酷く敏感だと松倉は予想していた。これで味覚が戻れば、望はすぐにでも番頭に抜擢されるはずだ。

松倉の説明に、望が少し考えてから答える。

「とろみのある物は苦手です」

それまでおどおどと答えていた望が、やけにはっきりと意思表示をした事に松倉は内心、首を傾げる。

「望君」

「それじゃあ、失礼します。ごちそうさまでした」

問いかけようとすると望は視線を逸らし、逃げるように店を出ていく。何かを拒絶するようなその態度に、松倉は引き留めるタイミングを逃してしまう。気がついたときには既に望は闇の中へ駆けて行った後だった。

——随分と、はっきり答えてくれたのは有り難いが……妙だな？

やはり、違和感を感じる。

望の舌が味覚異常になった原因は他にもあるはずだと彼の受け答えを聞いて確信した。けれどそれだけで、理由までは流石に松倉も分からない。

——長丁場になりそうだ。

料理人としての自尊心故か、どうしても望の事が気になって仕方がない。それに加えて、あの芳秀が知っているという事実も正直、気に入らない。

これまでも芳秀とは、悪友らしく下らない事で張り合ってきた。けれど今回は、今までと違う苛立ちがある。

「さてと、仕込みをするか……あれ？　望君の襟巻き。忘れたのか」

明日も彼は来るだろうけど、自分が望と少しでも長く居たいのだと気付く。松倉は襟巻きを手に取ると、迷わず望の後を追いかけた。

店を出て、石畳の通りに一歩踏み出したところで、望は松倉の店に襟巻きを忘れてきた事に気がついた。

それは芳秀がわざわざ買ってきてくれた物なので、望は取りに戻ろうかどうしようかと、暫く考える。

「今度でも、大丈夫だよね」

早く大河屋へ戻って明日仕入れる商品の確認をしたかったし、何より置き忘れた程度で芳秀は怒るような性格ではない。

それに今戻ったら、仕込みをしている松倉に迷惑がかかるだろう。歩き出そうとした望だが、近くの細い通りから出てきた男に声をかけられ立ち止まった。

「おい、そこのガキ」

「え？」

「お前だよ。ちょっとばかり、顔貸してくれねえかな。……お前！　えっおい、本当かぁ？」

目深にかぶった鳥打ち帽の下から覗く濁った目が望を捕らえた瞬間、男が頓狂な声を上げた。

「奇遇だなあ、望。こりゃあ、俺も運が向いてきたって事か。本当はちょっとばかり脅すだけでいいって雇い主からの依頼なんだが、お前が相手なら多少乱暴しても構わねえよなあ」

「っ……」

この七年、忘れることのできなかった声と顔が近づいてくる。

――どうして八沢がいるんだ？

着の身着のまま、行き先も告げずに母と共に八沢の元から逃げて早七年。最初の数年は、いつ大河屋へ押しかけてくるかと怯えていたが、これまで八沢らしき男の噂すら聞かなかった。

なのでこの再会は全く想定しておらず、望は真っ青になって立ちすくむ。

「あの頃より背は伸びてるが、やっぱり華奢（きゃしゃ）だなあ。あの料理店に出入りしてるって事は、材料の卸問屋にでも世話になってるのか？」

にやにやと下卑（げび）た笑みを浮かべて近づいてくる八沢から逃れようとして、望は後退（あとじさ）る。彼と暮らしたのはたった二年間だけだったが、望が考えていた以上に根深い恐怖を植え付けられてしまっていた。

「離せ」

腕を強く掴まれた望は、痛みと嫌悪で顔を歪める。

「お父さんに向かって、そんな口をきいていいのか？　相変わらずお前は、生意気だ。今度は逃がしゃしねえぞ」

逃げようと藻掻（もが）く望だが、恐怖が勝って力が入らない。

「母さんはどうした？　あいつがお前を連れて逃げたせいで、借金を返す予定が狂って、こっちは迷惑したんだ」

「……どういう、こと……」

「お前と母さんは、買い手が決まりかけてたんだよ。陰間茶屋と妓楼を手がけてる大店でよ。一緒ならさびしかねえだろ。母さんの居場所はどこだ」

怯えと怒りで言葉もない望の前で、八沢が嬉々として喋り続ける。余りに身勝手な言い分に、望は呆れかえるしかなかった。

「知らない……僕を置いて、逃げたまま。一度も会ってない」

自分を『大河屋』に奉公人として押し付けた後は、誰も彼女の行方を知らない。取引のある商人が『何年か前に、長崎で似たような女を見た』とはいっていたが、事実かは分からないままだ。

母の考えなど知るよしもないが、自分を捨てて逃げた行為に対しては未だ許せなく思う時もある。

でもこんな男から逃げるには、子を手放し身一つになるくらいの覚悟がないと駄目だったのだろう。

「隠し事するんじゃねえ。俺に逆らったらどうなるか、分かってるんだろうな」

「つく……本当に、知らない！」

例え知っていたとしても、こんな馬鹿な男に居場所など言うはずもなかった。

「正直に言ってくれたらよ、お前のことは見逃してやってもいいんだぜ」

そんな事を、この男がする筈がない。以前、一緒に暮らしていたときも、八沢は甘い言葉で何度望を騙したか分からなかった。

幼かった望は最初の頃こそ、八沢の言葉に一喜一憂していたが、その全てが自己保身や気まぐれから来る嘘と分かってからは信用しなくなった。

「お父さんが頼んでるんだぞ。何とか言ったらどうなんだ？」

胸ぐらを摑まれ、揺さぶられる。八沢が強気に出る相手は、確実に勝てるとふんだ女性や子供くらいだ。

しかし過去に虐待していた事と、十七歳になっても幼く華奢な望を見て、まだ十分恫喝が効くと考えたのだろう。

口を閉ざしたまま睨み付ける望に、八沢の語気が荒くなる。

「分かったぞ。お前等、オレを馬鹿にしてんだろう？　母親と隠れてる間も、どうせ笑ってたんだろう？　そうやって舐めてると後で後悔するぞ！」

一方的な決めつけと罵倒に、反論する気にもなれない。どうせしたところで、八沢はまた勝手な被害妄想を押し付けて癇癪を起こすだけなのだ。

「こっちが下手に出てりゃ、いい気になりやがって。おい、今日はオレの家に来い。久しぶりだから、お前が『アレ』を覚えているか確認してやる」

にやりと舌なめずりをするように笑う八沢に、望は声にならない悲鳴を上げると必死に彼の手を離そうと藻掻く。

「……ゃ……はな、せ……っ」

「お前はアレが大好きだもんなあ。オレと離れている間は、何処で調達してたんだ？」

心の傷を抉る言葉を、八沢がわざと耳元で囁く。恫喝と陰湿な言葉を繰り返し、いたぶるのがこの男の趣味なのだ。

過去にされた虐待が脳裏を過ぎり、望はその場に座り込む。

――やだ……思い出したくない……。

両手で耳を塞いでも、手が震えてどうしても声が聞こえてしまう。

抵抗できない望の姿が面白いのか、八沢は服越しに下半身へと触れてくる。

「どうした？　それともアレだけじゃ足りなくて体でも売って生活してたのか？　これからは俺が客を取ってやるからな。好きなだけ飲めるぞ」

絶望に目の前が真っ暗になる。

やっと過去から決別できると思ったのに、また自分はあの地獄へ突き落とされるのかと思うと恐怖で涙があふれ出す。

「なんだ、泣いてるのか。いい顔だなあ、男に興味はないが俺でも犯したくな……」

「おい、何をしている！」

石畳を駆けてくる靴音とよく通る声に驚いたのか、八沢が摑んでいた手を離す。望は逃げ出す力もなく、支えを失った人形のように倒れ込んでしまった。

一瞬、体が八沢に引きずられるが、すぐくぐもったうめき声が聞こえて体から手が離れる。

「くそっ」

舌打ちが聞こえ、八沢が裏路地へと逃げていくのが視界の片隅に映った。

「望、しっかりしろ。私だ、松倉だ。分かるか？」

力強い腕が望を抱き上げ、必死に呼びかける。

「……松倉……さん……ど、して……」

「後で説明する。もう大丈夫だからな」

こくりと頷くが、体の震えは一向に止まらない。

逆に松倉が側に居ることで緊張の糸が切れたのか、呼吸が苦しくなり急激に体が寒くなってくる。

――どうしよう……またあいつと会うなんて……。

呼びかける声に応えようとしても、喉からはひゅうひゅうと風を切るような音しか出てこない。

「喋らなくていい。これから医者を呼ぶから、君が心配することは何もない」

宥めるような声に、先程とはまた違う安堵の涙が溢れてくる。

不安はあったけれど、八沢と離れてから七年近い歳月が経過している。もう二度と会うこともないと思っていた矢先の出来事に、望はただ混乱していた。

——あいつは……俺だけじゃなくて、母さんも売るつもりだったんだ。

自分を大河屋に預け、失踪した母の行方はまだ知れない。

しかし今でも自分たちを忘れていないという事は、母も見つかれば同じ目に遭わされるはずだ。

望も母も、八沢が生きている限り平和な生活は望めない。そんな絶望感に打ちのめされた望は、松倉の腕に抱かれたまま意識を失った。

意識が戻った望は、自分が綿飴のように柔らかなベッドに寝かされていることに気がついて飛び起きた。

「……ここは……？　痛っ」

「少し熱があるから、起きるんじゃないぞ」

側で見守っていたらしい松倉に肩を押さえられ、再び体が埋もれそうなベッドに寝るよう

促された。

　分厚い上掛けなのに、雲のように軽く暖かい。前の持ち主が置いていった家具の一つで、水鳥の羽が使われていると説明される。まだ日本でも、外国人の邸宅でしか使われていない物だと知り望は恐縮してしまう。

　そんな望の気持ちを見透かしたように、松倉が諭すように告げる。

「寝ていなさい。寝具なんて使わなければ意味のない物なのだから、気にする事はない」

「はい。――でも、僕どうして松倉さんに……」

「襟巻きを忘れて行っただろう。それを届けようと思って追いかけたら、偶然君が暴漢に襲われているのを目撃したんだ。間に合ってよかったよ」

　説明を受けて、望はやっと当時の状況を思い出す。すると突然、全身ががたがたと震え出す。

「ぼ……僕……あの……」

「突然あんな目に遭ったら、恐ろしくなって当然だ」

　上掛けを少し捲(めく)り、松倉が手を握ってくれる。いつの間にか着物は西洋風の寝間着に着替えさせられていると気付いて、望はまた慌てる。

「……こんな、あの……ご迷惑に……早く、もどらないと」

「落ち着きなさい」

苦笑しつつ、松倉がもう一方の手で望の頭を撫でてくれる。こんなふうに優しくされたのは、幼い頃に両親と暮らしていた時以来だ。

「ここは店の隣にある、私の家だよ。この部屋は、急な客人用のもので服も揃えてある。大河屋には使いを出して君が泊まると連絡を入れてあるから、何も心配しなくていい」

「でも、明日の仕入れが」

「それも、免除するそうだ。君は帰る家もないから、奉公に入ってからずっと休みを取らなかったんだってね？　その分を使って、しばらくはうちにいて構わないと、大旦那が直々に許可を出したんだよ」

基本的に、奉公人は盆と正月に帰省する。

けれど天涯孤独の望は帰る家などないので、他の奉公人達が休む間もずっと働きづめだったのだ。

おかげで多くの仕事を覚えることができたし、番頭達の信頼も得ることができたが、望にしてみれば当然のことという感覚が強かったので意識したことはなかった。

「すみません。けれど、こんな立派なお部屋に、僕が泊まってもよろしいんですか？」

「当たり前だ。芳秀が酔いつぶれたときに泊まっていく部屋なんだが、嫌なら変えようか？」

どこかずれた返答に、望はつい吹き出してしまう。

確かに芳秀は泥酔して帰宅したり外で騒ぎを起こしたりはしないが、ここ最近は外泊が多いと大旦那が嘆いていたのを思い出したのだ。

——芳秀兄さん。松倉さんの家に隠れてたんだ。

酔っ払った醜態を晒すより、外泊を選んだ芳秀の判断が良いのか悪いのか望にはよくわからない。

けれど確実に、大旦那の機嫌が悪くなっていたのは確かだ。

だから倉庫へ左遷という、決断に踏み切ったのだろう。

「これから医者と警察が来る。話はできそうかい？」

警察という言葉に反応して、望は表情を強ばらせた。

「あいつ……あ、あの男は？」

「捕まえようとしたんだが、逃げられたので警察には連絡しておいた。顔は覚えているか？」

「……いいえ。気が動転して」

思い出した瞬間、恐怖と嫌悪で鳥肌が立つ。

月日が経過しても、八沢が自分にした虐待の傷は消えていなかったという事実に、望は絶望に似た感覚を覚える。

「私も無我夢中でね。君を連れて行こうとしていたから、顔を確認する前に思わず殴り飛ばしてしまって覚えていないんだ」

「そんな……松倉さんが助けてくれて感謝しています」

実際、あの場に松倉が来なければ望は八沢に連れ去られていただろう。そして彼の言っていた通り、陰間茶屋に売り飛ばされていたに違いない。目先の欲に駆られる性質の八沢は、その場しのぎの金になると分かれば周囲の目など考えもせず行動する。

——松倉さんが来てくれなかったら、僕は今頃……。

震えが酷くなった望を心配して、松倉が眉を顰めた。

「おそらく、うちの店への嫌がらせだ。君まで巻き込んでしまってすまない。今、温かいお茶を用意しよう。飲めば、落ち着く……」

「大丈夫です。松倉さんのせいじゃありません！　あの、お願いです……側に居て下さい」

「望君」

「お願いします」

自分でも滑稽なくらい必死だと思う。それでも松倉は嫌な顔一つせず、無意識に零れていた涙を指先で拭ってくれる。

「分かったよ。君が落ち着くまで側に居る」

辛いことがあっても、誰かに慰めて欲しいなどと考えたことすらなかった。暖かい寝床と衣服、そして食べる物さえあれば自分には十分過ぎる幸せだと思っていた。

——どうしちゃったんだろう……。

なのに今は、松倉が離れていくのが恐くてたまらない。

「……はい」

彼の手が優しく頬を撫でてくれる。包み込む掌(てのひら)は大きくて、温かい。医者と警察が到着するまでの間、二人は穏やかな沈黙の中で互いを見つめていた。

大河屋と長い付き合いのある医者と、松倉の呼んだ警察が到着したのは、ほぼ同時だった。暴漢の服装や容姿などを聞かれたけれど、望はあくまで『よく分からない』という態度をつらぬいた。

どちらにしろ、八沢の名を出しても彼の居場所は分からないだろうし、あの気弱な男がどこかの組に属して行動しているとも考えられなかった。そうなれば捜査は難航し、事情聴取で自分の過去ばかりを抉られる事となるだろう。

どうするのが得策なのか分からず、曖昧(あいまい)に言葉を濁していると、主治医が望の体調が悪化していると判断して、その日の聞き取りは一時間ほどで終了した。

すっかり意気消沈して、ぼうっとしている望に代わり松倉が医者に大河屋への伝言を頼んでいるのを朦朧（もうろう）とする思考で聞いていた。

「……この状態では、暫く静養が必要だろう。大河屋の方には、私が一時的に預かるという事で、話をつけてもらえないだろうか」

「ええ、私も同意見です。戸宮君は心身共に、衰弱が激しい。恐らくショック症状が原因でしょう」

　普段の望ならば、無理をしてでもベッドから起き上がろうとするだろうけれど、全身が気（け）怠（だる）く声を出すのも億劫（おっくう）だ。

「身の回りの事ができるようになるまで、面倒はみよう。大河屋の大旦那も滞在が少しばかり延びても、反対はしないと思うが……」

「大丈夫でしょう。大旦那様達は、実子のように可愛がっておられますから」

　守られているのだと実感する言葉を聞きながら、望は睡魔に耐えきれず眠りにつく。それから数日間は、記憶が曖昧だ。

　起きるとサイドテーブルにはサンドイッチやおむすびが置いてあり、たまに松倉が居るときは、わざわざ望のためにオムレツなどを作ってくれた。

　一日二組だけの店とはいえ、毎回メニューを変えているらしく、松倉は常にノートを持ち歩き、アイデアを書き留めている。

　自分のせいで創作を中断させてしまう事に罪悪感を覚えたが、松倉は『望君がいると、はかどる』と言って、仕事以外の時間は常に望の側にいてくれた。

数日もすると望の体調も戻り、自主的に店の掃除や買い物などの雑用をするようになっていた。

手代に昇格してからも水場の手が足りないときは、野菜の皮剝きなどの雑用を手伝うので、廊下の雑巾(ぞうきん)がけを済ませた望に、松倉が声をかける。

「いえ……動いてないと、落ち着かなくて」

「無理はしなくていいんだよ」

基本的な家事全般に慣れている。

一方、一人暮らしが長い割に松倉の私生活は随分と荒れ気味だと知った。

これまでは家政婦を雇ってどうにか基本的な生活水準を保っていたらしい。店の事は完璧だけれど、自分の事はあまり気にしないようで、望の使っている客用の部屋と『クレエ』の店内以外は荒れ放題で、初めて見たときは数年放置された空き家かと思うほど埃が積もっていた。

それを三日かけて掃除し、今ではどの部屋も問題なく使えるようになっている。

「君は乾物の目利きとしてだけでなく、家事に関しても有能なんだな」

「居候させて頂いているんですから、これくらいはして当然です」

働くことは全く苦にならないので、望としては労(ねぎら)われるような事をしている意識はない。

けれど松倉は、些細な事でも誉めたり礼を言ってくれる。

「病み上がりだというのに、随分と君に甘えてしまって済まないね」

大きな掌が、そっと頭を撫でてくれる。芳秀の向けてくれる『家族』としての優しさとは違う温もりは、嬉しいけれどなかなか慣れることができない。他人との接触を意図して避けてきた望にとって、彼に触れられるのは僅かな緊張が伴う。けれど、不思議と嫌だとは感じない。

——松倉さんの手、安心できる。

掃除の途中だった望は、雑巾を持ったまま気恥ずかしくなって俯く。すると、彼が水の入った桶を持って立ち上がった。

「あ……」

「このくらいはさせてくれ。それと掃除道具を片付けたら、厨房へ来てくれないか」

「はい」

雑巾を洗った水を庭に撒いてから、松倉が桶を干して厨房に向かう。特別な事情があったとはいえ、突然『クレエ』に受け入れてくれただけでなく、望の存在を松倉は自然体で受け入れてくれている。

——気難しそうな人だと思っていたけど、全然そんなことなかった。

まだ数日しか経っていないのに、もう何年も彼と過ごしていたような錯覚さえ覚えるほどだ。別に大河屋の待遇が悪いわけではなく、松倉との同居が心地よすぎるだけだと望も分かっている。

過去の事があるので、極力他人との距離は詰めないようにしているのだが、松倉はそんな頑なな望の心を容易く解してしまう。

仕事に復帰できるようになってからも、彼との付き合いを続けられたら良いなと、望は思い始めていた。

――さてと、片付けも済んだし厨房へ……あれ？

まだ開店前だというのに、やけに店の方が騒がしい。

まさか八沢が乗り込んできたのかと思い、恐る恐る店内を覗き込むと、そこには乾し椎茸や鰹節を抱えた芳秀が立っていた。

「――何か用か？　芳秀」

「折角持ってきたんだから喜べ！」

「もう倉庫番の謹慎は終わったのか。届け物だけなら、それを置いてさっさと帰れ」

とても友人とは思えないような遣り取りをしながらも、松倉と芳秀は楽しげだ。

久しぶりにみる芳秀は、相当こき使われたのか幾分やつれている。

「お、望。ちょっと見てくれよ、俺が選んだんだぜ」

新規開拓と称して遊び回る芳秀だが、目利きとしてはそれなりに認められている。番頭の源三に言わせれば『腐っても若旦那』ということらしい。

だがそれも、望の持つ知識にはまだ及ばない。

「これ、どうだ？」

テーブルに置かれた品を一瞥して、望は少し考えてから口を開く。

「悪くはありませんけど……」

「けどなんだ？　言ってくれ。お前の知識が優れてるのは、俺も分かってるから、仕事のことで遠慮すんな」

真面目な声に促され、望は問題点を淡々と指摘する。

「今の季節でしたら、千葉の問屋から仕入れている品の方がいいんです。それと松倉さんの料理に合わせる鰹節は小田原産の方が適してるかと思います」

「望君は流石だな」

「やっぱ、望には敵わないか……」

がっくりと肩を落とす芳秀に、望はふと疑問を覚えた。倉庫での謹慎を終えたばかりの彼が、すぐに松倉の店へ顔を出すと言うことは、何か大河屋の方で問題でもあったのかと考える。

「芳秀兄さん。大旦那様はなにか仰ってましたか？　僕が居ないことで、皆さんにご迷惑を……」

「いいや、一樹の店と長く取引するつもりでいたから、望が一樹に気に入られて良かったってさ。こいつのとこ、来る客数は少ないけど社交界じゃ話題になってるんだってよ。その店に卸してるってだけで、かなりの宣伝になるんだ」

「そうなんですか」

驚いて松倉を見上げると、何故か彼は余り嬉しくなさそうに苦笑いを浮かべていた。そんな松倉の表情に気付いているのかいないのか、芳秀が話を続ける。

「お前の仕事は番頭と他の手代で回してるから心配しなくていいぞ、大体望は仕事をしすぎなんだよ。あの量を一人でこなしてたのかって、手代の連中は驚いてたぜ」

仕事しか取り柄のない望からすれば、当然のことをしているだけなので特に苦とも思わない。

誰かに仕事を押し付けられたり、虐められることもないので正直大河屋で店に出ている時間が一番楽なのだ。

けれど少しずつ、その気持ちが変わりつつあるのを望は自覚していた。隣に松倉がいるだけで、大河屋に居るときとは違った安心感を覚える。

楽しげに世間話をする二人の会話に耳を傾けていた望は、不意に芳秀から肩を叩かれる。

「うちの大事な手代なんだから、軽く手を出すなよ。一樹はな、最近は真面目になったけど、前は男も女もとっかえひっかえだったんだぜ」

「何を突然言い出すんだ！　人聞きの悪い……」

「本当の事を言っただけだろ」

一瞬、何の話か分からなかったけれど、珍しく狼狽（ろうばい）する松倉を前にして芳秀の茶化しが真実だと気付く。

松倉ほど整った容姿をしていれば、男女問わず言い寄ってくる者は多いだろう。それに彼の恋愛遍歴は、自分には関係のないことだ。

二人の遣り取りを聞いているうちに、自分でも理由の分からない不安がこみ上げてくる。

——なんだろう、この気持ち。

望の胸は締め付けられるような痛みを覚える。言い合いを続ける二人の間で黙り込んでいた望だったが、ふと一つの疑問が頭に浮かんだ。

「……じゃあ、芳秀兄さんと松倉さんは、おつき合いをされているんですか？」

出された番茶に口を付けていた芳秀が咳（せ）き込み、松倉が思いきり嫌な顔をした。聞いてはいけない二人の秘密だったのかと焦ったけれど、どうやら逆だったらしい。

「それはない」

「望、俺は一樹に手を出すような悪趣味じゃないぞ。それに俺が女一筋だってのは知ってるだろ」

同時に強い口調で否定され、望は思わず謝ってしまう。

「は、はい。ごめんなさい」

その日は結局、芳秀が松倉にお気に入りの花魁を取られたとか、そんな大人の世界の話を聞かされて終わった。

途中から二人の会話についていけなくなったけれど、一々聞いては話の腰を折ってしまいそうだったから、あえて望は追及しなかった。

それでも、松倉がこれまで恋人に不自由しなかったという事はよく理解できた。

「お休みなさい」

「ああ、お休み。望君」

律儀に挨拶をして、客用の部屋へ戻る望を見送り、松倉は一人で明日のレシピを組み立てていた。

いつもなら三十分ほどで料理の手順を考えられるのだが、どうも最近は余計な事が頭を過ぎり手が止まる。

理由は、分かりきっていた。望が居候を始めてから、なぜか思考は彼の事を優先してしまうのだ。

——参ったな。

しかし考案中のレシピは、望の味覚を少しでも正常に戻すためのものだから、彼の事を考えつつ仕事をするのはあながち間違っていない。むしろ、これまで作り上げたレシピのどれより、やりがいがある。

この数年、仕事に没頭してきた松倉にとってこれは異常事態である。けれど不思議と、望に対して不快感はない。むしろ、彼の抱える問題が気になり、余計な心配をしてしまうほどだ。

こみ上げる感情は酷く心地よく、松倉は数年ぶりに恋をしたと自覚を持った。実力がありながら控えめで、自身の持っている能力を精一杯使って大河屋に貢献しようとする望の心意気は、見ていて感心する。

こんなにも真っ直ぐに、仕事に取り組む者は少ないのが現状だ。そんな望に不安の影を落とす暴漢の存在は、味覚以上に松倉にとって非常に問題である。

——恐らく望は、暴漢の正体を知っている。

暴漢に襲われてから数時間後、松倉の呼んだ警官が事情を聞きに来ても、望は暗くて顔を覚えていないと言い張った。『男であった』と話すだけで、服装すら覚えていないという望に、違和感を覚えたのが疑問の発端だ。

いくら暗かったとはいえ、街灯は灯(とも)っていたし松倉ですら男が鳥打ち帽で顔を隠しみすぼらしい着物を着ていたことも印象に残っている。

——相手は確実に高寺の差し向けた人物だろう。それに……個人的に望と面識があったはずだ。

松倉が駆けつけたとき、男は望と何事かを話していた。

恐怖で本当に忘れてしまったのかとも考えたが、事件に関して全く触れない望に違和感を覚え始めている。虚勢を張って、自分や芳秀に心配かけまいとしているのは分かるが、それにしても過剰すぎるのだ。

暴漢に襲われた直後は明らかな動揺を見せた望が、翌日にはまるで何もなかったかのように振る舞い始めたのも引っかかる。

元々、他人に対して気を遣いすぎるのは薄々気付いていた。けれど、暴力まで振るわれたにもかかわらず、怯える言葉もなく、犯人が見つかったかどうかすら聞かない望の態度は明らかにおかしい。

——かといって、無理に聞いても望君は話さないだろう。

自分よりずっと長く望を見守ってきていた芳秀が暴漢の件に関して聞き出そうとしても、望は頑なに口を閉ざしてお手上げの状態だと言う。結局芳秀と二人で話し合った結果、しばらくは松倉の店で休ませようと話は纏まった。

それにしても、と松倉は考える。

ここ数日で、望に対する己の感情は確実に変化し、こうしている間も心は彼に惹かれている。

初めは『味覚のない、可哀想（かわいそう）な青年』という認識だったものが、次第に庇護欲へと変わった。素直な望の性格を見ていれば、大河屋の者達でなくても、彼に好感を持つのも頷ける。

そしてその感情は、現在進行形で確実な『恋』に変わっていた。

自分の店を訪れたせいで、被害にあってしまったという罪悪感から過剰に望を意識しているのかと冷静に考えてみたが、すぐにそれだけではないと気がついた。

「恋なんて、二度とするものかと思っていたんだけれどな」

決して望は、花街にたむろするようなタイプではない。控えめで、芳秀の紹介がなければ知り合うこともなかっただろう。

物珍しさがあるのは否めないが、それ以上に望の真っ直ぐな性格に惹かれている。もう彼の持つ『味覚障害』というハンデだけが気になっているのではない。

——私はただ望君に……心から笑って欲しいんだ。

好いた相手に対する当たり前すぎる感情を、随分と忘れていた気がする。いや、仕事に没頭して、恋愛を下らない物だと決めつけて気付かない振りをしていたのだ。

人として、当たり前の感情を思い出させてくれたのは、他でもない望である。彼をもっと知り、できるなら守り助けたい。

一人で店を始めて以来、松倉は初めて誰か特別な相手のために料理を作りたいと考えるようになっていた。


「松倉さん。人参の皮むきは終わりました。それと甘味用の寒天が少なくなってるので、補充した方がいいと思います」

夕方に訪れた客が帰り、明日の準備を終えた望はテーブル席で物書きをしている松倉に声をかけた。

「ありがとう」

「……余計な事をしてるようでしたら、叱って下さい」

椅子に座り、レシピノートにペンを走らせていた松倉が顔を上げる。

「そんなことはないよ。望君が気を配ってくれるから、私は料理に集中できてとても助かっている」

向けられる笑顔に、鼓動が早くなる。最近、彼が微笑みかけてくれるだけで、何故か頬が熱くなることが増えていた。

「君がいてくれると、新作の構想に集中できてありがたい」

たとえお世辞であっても、彼の口から感謝の言葉が得られるだけで望の心は満たされる。

はじめて経験する感情の波は恐くもあったけれど、同時にもっと彼を知り仲良くなれればいいと思い始めていた。

少しでも松倉の役に立ちたくて、望は味覚以外で彼の手助けになりそうなことは全て覚えてこなした。

家事は勿論(もちろん)、料理の下ごしらえや盛りつけも、必死になって覚えた。

驚いたことに、松倉の指示するレシピ通りに調理すれば、味覚のない望でもまともな料理が作れると分かって、望自身が一番感動した。

松倉に言わせれば食材に合わせた調味料の分量や、火にかける時間さえ守れれば基本的な料理は誰にでも作れるらしい。

へたに自分の舌に自信のある者のほうが、とんでもない料理を作ってしまう事もあると、笑いながら教えられた。

ただ流石に松倉の料理目当てで来る客へ、望の料理を出す訳にはいかず、下ごしらえまでしか任されていない。

それでも松倉は、望に毎日感謝の言葉を告げてくれる。

自分が松倉から、とても大切にされていると分かる。

あの事件から十日が過ぎても、松倉の態度はこれまでと変わらないどころか、芳秀以上に気を遣ってくれるのだ。

「望君、珈琲（コーヒー）を持ってきてくれないか。君の分はソーダ水でね」

「はい」

ゆっくり話がしたいとき、松倉は必ず飲み物を用意するように言う。以前は望にも同じ珈琲を用意させていたのだが、見た目が苦手だと知ってからは望用に甘いソーダ水を用意してくれている。

それと口の中で炭酸の弾（はじ）ける感触が、望にとっては面白い。

言われた通り、珈琲とソーダ水を持って松倉の向かいに座ると、彼が少しだけ眉間に皺を寄せる。松倉の表情の変化に気づいた望は、気分を害してしまったのかと思い恐る恐る問いかけた。

「……僕、なにかしてしまいましたか？」

「望君が悪いわけじゃないんだが——そうだね、隠していても仕方ないし、いつ話そうかと考えていたんだが、私も限界に近くてね」

要領を得ない松倉に、望は首を傾げた。何事もはっきりと言う彼らしくない。余程困った事態に直面しているのだろうと思い至り、望は自然と背筋を正す。

「失礼な事をしていたら、言って下さい。僕にできる限りの償いはします」

そうじゃないんだ、と松倉が慌てた様子で首を横に振る。

「君を悪く思ってる訳じゃない。むしろ逆だ」

彼が何を言いたいのか、望は益々分からなくなる。

「芳秀に対して理不尽な怒りを覚えているんだよ。もっと早く君を知っていれば、私が引き取りたかった」

「え？」

「遠回しに言っても、意味はないな。つまり私は、君が芳秀と親しくしている様子を見て嫉妬している。こうして話をしている今も、君を大河屋へ帰さない方法はないかと、考えてしまう」

恋愛に疎い望でも、流石に彼が何を言おうとしているのか何となく察した。けれどなぜ自分にそんな感情を向けてくれるのかが分からず、ただ狼狽える。

——そんなこと、あるわけない。僕が都合の良い意味に取ってるだけで……。

だが向けられる眼差しを真っ直ぐ受け止めることができない。

「私は君を」

「あの……っ」

決定的な言葉を遮ろうとしたけれど、松倉が構わず続けた。

「君を、望君を愛している」

全く予期していなかった告白に、望はどうしていいのか分からなくなる。ソーダ水を一口飲んでみても、気持ちは全く落ち着かない。

「受け入れられないのなら、正直に言ってくれ。君が断ったからと言って、大河屋との取引を止めるつもりはない」

望が不安に感じたことを、松倉は先回りして安心させてくれる。その優しさを有り難いと思うと同時に、申し訳なくもなる。

――松倉さんは、本当の事を知らないから……。

虐待の真実を知ってしまえば、決して『愛してる』などとは言わないはずだ。それどころか、これまで築いてきた関係も壊れてしまうだろう。

芳秀や大旦那は医者からの説明もあったので、望の受けた仕打ちを理解してくれた。けれど望が被害者であると分かっていても、心理的に受け入れてくれるのは難しい内容だとも分かっている。

大河屋という全国に名の知れた店だからこそ、その懐の深さで望を置いてくれているのだ。

「……僕は松倉さんのような素敵な人に、想ってもらえような資格はありません」

被害者であっても、いや、被害者だからこそ奇異の目で見られることもあるのだと大旦那から教えられた事がある。不本意だが、心ない人々の中傷や好奇の視線を受けるよりは、過去はなるべく隠した方が良いのだと言われ、望もその通りだと思った。

——どうしよう。

どうやってこの場を誤魔化そうか逡巡していると、松倉が単純に望が己を卑下していると考えたらしく優しく言葉を続ける。

「恋愛に資格もなにもないだろう。私は君の真っ直ぐな考え方を好ましく思うし、仕事に対して誠実な所も美徳だと思っているよ」

「そんなこと……」

「なにより君が可愛らしくて、この気持ちを抑えられなくなった」

身に余る誉め言葉だ。これは夢で、ソーダ水を飲み終えたらこの泡のように弾けて消える事だとしても、その方が幸せに思えた。

「僕なんかが、松倉さんみたいな素敵な人の側にいたら……松倉さんまで汚れてしまいます」

いっそ夢なら自然に消えるけれど、彼から告げられた想いを打ち消すには自分から過去の嫌な記憶を説明しなくてはならない。

本当は思い出したくもない八沢からの虐待を、望は無理矢理記憶の底から引き上げる。

「僕がどうして、味が分からなくなったか。まだ全部はお話ししてませんでしたよね」

「腐った物を食べていたからじゃないのか？」

「それも原因です。けど……」

首を横に振って、望は話を続けた。

「母は料理が苦手で、帰ってくることも希だったから。近所から分けてもらった饅頭や残り物のおかずを食べてました。それも全部……養父に取り上げられて、気が向いたときにしか分けてもらえませんでした」

味など分からなくなった筈なのに、あの時の腐臭や異物感が口の中に蘇ってくる。

与えられたのは、腐りかけだったり土間にぶちまけられた八沢の食べ残しだけ。それでも生きるために、望は無理矢理飲み込んだ。なにより食べなければ、『食い物を粗末にした』と怒鳴られて、何時間でも詰られる。

そのとばっちりは時に、関係のない母にも及んだ。次第に望と母の心は八沢の理不尽な言動に反論する気力もなくなり、一方的な誹りを真に受けるようになっていった。

「腐った物を食べさせられていたことは、皆理解してくれています。でも……されてきた本当の事を知っているのは、大旦那と奥様、芳秀兄さん。それと診断して下さったお医者様だけです」

大河屋に来た当初、殆ど食事ができない状態を訝った大旦那が熱と栄養失調で弱り切った望のために、わざわざ医師を呼んでくれたことで虐待の全てが発覚した。こんな自分は追い出されるだろうと子供ながらに思ったけれど、大河屋の夫婦は八沢に対して怒っただけで望を追い出そうとはしなかった。

黙って聞いてくれる松倉に、望は意を決して核心に触れる。

「養父の八沢は、なかなか帰ってこない母への鬱憤と博打で勝てない怒りを僕にぶつけていたんです。食事の後は無理矢理僕の口に……押し込んで……精液を……」

はっきりと性器の名を口にすることさえ、望にはできなかった。

鼻を摘まれ、こじ開けられた口腔に反り返った男性器が入ってくる感触がまざまざと蘇る。無意識に口元を押さえ、望はこみ上げる吐き気を必死に堪える。

「……っ……美味しいって言って……飲み込まないと、数日は食事抜きにされるから。言われた通りにするしかなくて。そうしたら段々、普通の味も分からなくなって」

精液を飲まされる度に、八沢は望に『美味しい』と言うことを強制させた。最初は臭くて苦いだけの精液を、とても美味しいなどと思えず何度も吐き出した。

だが吐き出した物まで舐めるように命じられ、望の心は折檻から逃れるために次第に麻痺していったのだ。

「味が分からなくなれば、精液でもなんでも飲み込めるって考えてたら、本当にそうなってしまって……味覚がなくて食事が辛いのも事実です。けれど、まだ食事自体が恐い」

「もういい、望」

いつの間にか隣に座っていた松倉が、肩を抱いてくれる。

「こんな気分の悪くなる話をして、すみません。それとあの夜、僕を襲った暴漢は八沢です。まだ捕まってないなら、復讐されるかもしれないと思って……言い出せませんでした」

「君が過剰に自己評価を下げているのも、ずっと怯えているように見えていたのも、気のせいではなかったか……」

耳元で松倉のため息が聞こえた。

——嫌われた……やっぱり、言わなければよかった。

やっと打ち解けられそうだったのに、全てを壊したのは他でもない自分だ。

少し不審に思われても、気付かない振りをして振る舞っていればこの楽しい時間はもう少し長く続いただろう。

せめて暴漢が八沢だと証言していれば、松倉も違った態度を取ったかも知れない。けれどあの時は、過去を説明する気力も何も失われていた。

今更後悔しても、何もかもが遅いのだ。

夢の時間は終わる。

「ごめ……なさい……警察の人にも、ちゃんと話せなくて……迷惑ばかり、かけて……」

「そんな過去があるなら、報復に怯えて当然だ。君が謝る事も、悪いと思う事もない」

松倉の手が望の頬を包み、ゆっくりと上向かせる。何をするつもりなのか分からずされるままになっていると、松倉の顔が近づいてやんわりと唇を塞がれた。

「だめっ……汚い」

立場も何も忘れて、望は渾身(こんしん)の力を込めて松倉の胸を叩き口づけを解く。自分のせいで彼まで汚れてしまう事が、恐ろしかった。

なのに松倉は、望の抵抗を封じて距離を詰めてくる。

「望の唇は、汚くなんてない」

「嘘ですっ」

初めて望は、強く反論した。けれどすぐに、彼が向けてくれた優しさを拒絶した事に罪悪感と恐怖を覚える。

——僕は、なんて失礼な事を……。

青ざめて震える望を宥めるように、松倉が耳元で言い含めるように繰り返す。

「嘘じゃないよ。こんなに柔らかくて、ずっと触れていたいと思った唇は初めてだ」

顎（あご）を捕らえた手が望の顔を上向かせ、松倉が至近距離で瞳（ひとみ）を覗き込む。

「本当……ですか？」

「望の唇は、とても甘いよ。砂糖菓子みたいだ」

話しながら、松倉が触れるだけの口づけを何度も繰り返す。

「望こそ、私が嫌なら殴って逃げてもいいんだよ」

「あ……」

自分が松倉と口づけを交わしている現実を自覚し、望は耳まで赤くなった。

「もしかして、初めてなのかい？」

「……はい……」

「君の気持ちを確認していないのに、すまない」

離れようとする松倉の袖を、望は控えめに摑む。それが望にできる、精一杯の意思表示だった。

恥ずかしくて、頷くこともできない。答えるべきなのに声も出ない自分が嫌になる。なのに松倉は、望の答えを急かしもせず、ただ寄り添ってくれている。

——松倉さんと、恋仲になりたい。

けれどそれは、許されないだろう。望だって、自身の立場は弁えている。

過去の虐待がなくても、身寄りのない自分が松倉のような立派な人の恋人になどなれるはずがないのだ。

——まだ、夢が続いたらいいな……。

初めて知る優しい感情は、望の心を甘く酔わせた。

口づけを交わした夜は、どうやって部屋に戻ったか覚えていない。緊張で覚束ない足取り

の望を松倉が半ば抱きかかえるようにしてベッドまで運んでくれたようだ。その上、眠りにつくまで彼が側で見守っていてくれたような気もする。

思い出そうとしても、余りの恥ずかしさに、望の記憶はあやふやになっていた。

翌朝は、どんな顔をして会えば良いのか迷ったが、部屋に引きこもっている訳にもいかないので恐る恐る厨房へ行くと、松倉はいつもと変わらない笑顔で「おはよう」と告げてくれた。

その一言で、急に緊張が解けた望は、多少ぎこちないながらもこれまでと同じ日常に戻った。

筈だったのだけれど――。

「望」

「はい……ま、松倉さんっ」

棚の前で銀食器を拭いていた望が振り返ると、至近距離に松倉の顔があり何の前触れもなく唇を奪われる。

「嫌だと言ってくれないと、私は調子に乗るよ」

嫌なわけがない。

けれど松倉が自分に口づけてくれたのは、彼にしてみれば単純な触れ合いの一つでしかないとも思う。芳秀の言っていた恋愛遍歴の通りなら、これくらいは遊びの範囲内かもしれない。

――それに、こんな僕に……本気になってくれるわけない。

恐らく松倉は、望の味覚障害を治すことを諦めていないはずだ。運良く治れば、きっと自分に興味はなくなる。

そうなれば、松倉との接点は消えてしまうのだ。

――……恋人も、いるみたいだし。

初めて一人で『クレエ』を訪れた日、店の前ですれ違った青年を思い出す。彼はあれから度々、『クレエ』を訪れては、松倉と何事かを話している。

時間は短く、食事をしているふうでもないからお客でなく個人的に来ているのだと望も分かった。

松倉が彼を『高寺』と呼んでいたのは偶然聞いていたので、名前だけは知っている。

数日前、その青年が帰った後で望はさりげなく恋人なのかと聞いてみたことがあった。けれど返されたのは、『違う』というあっさりとした返事だけ。

――でも、付き合ってるようにしか見えない。

もしも一方的なアプローチを松倉がかけられているとしても、高寺みたいに綺麗な人と張り合うなんてできない。

「こんなの、やっぱりいけません。松倉さんの恋人に悪いです」

「そんな相手はいないよ」

「気を遣わなくても大丈夫ですよ？　よくお店に来る綺麗な人は……」

高寺のことを具体的に指摘すると何故か松倉の表情が曇る。

「あれとはもう関係ない」

即座に否定されて、それ以上なんとなく聞けない雰囲気になってしまった。

——聞かない方が良かったのかも。

恋愛経験のない望は、大人の込み入った事情など想像も付かない。

時々、芳秀や大河屋の同僚が振られただの何だのと、騒いでいるけれど理由を聞いてもよく分からないことの方が多かった。

「望が不安になるのも仕方ないか。芳秀の言ったことは確かに本当だ。自業自得だから過去の事は否定しない。でも、今は君だけだよ。これからもね」

そんなふうに優しく言われても、望は彼の言葉を信じ切れない。嘘をつかれているとは思ってないが、立場の違う者同士の恋愛が成就するなど物語でしか望は知らない。それも大抵は心中物で、現世で結ばれるなど芝居でも見たことがなかった。

むしろ自分が遊びだと言われた方が納得できる。

——これは遊び。松倉さんみたいな立派な人が、本気になってくれるわけがないんだから。

そう考えるたびに、どうしてか胸の奥が引っかかれたように痛む。立場を考えれば、さりげなく自分が身を引くのが一番だ。

けれど離れる勇気よりも、松倉の側に居たいという気持ちの方が強くて、別れる決心も付かない。もやもやとした気持ちを抱えたまま、望は深いため息をついた。

甘いような苦しいような日々が十日程続いたが、あれから暴漢の足取りが摑めないことと、大河屋がそろそろ仕入れの繁忙期に入ると知らせもあり、望は『クレエ』での居候をやめる事を決意した。

いつまでも仕事を休めないので、そろそろ戻ると言う望を松倉は『ここから通えば良い』といって引き留めてくれたけれど、繁忙期は昼夜問わず荷が届くので番頭の補佐である望がいないと実務に支障が出る。

それにこの機会を逃したら、自分は松倉の優しさに更に甘えてしまうだろう。

——そんな事をしたら、松倉さんに迷惑になる。

この十日の間も大河屋にこそ顔を出さなかったが、昼の空いた時間はクレエの手伝い以外に倉庫の方に顔を出して荷物の積み込みなどを手伝っていた。

望が大河屋での仕事に誇りを持っていると知っている松倉は、懇願する望に渋々ながらも頷いてくれる。

望が帰る日の朝、食卓には見たことのない菓子が置かれていた。

「試作品のショートケーキだよ。かなり甘い洋菓子だ」

「こんな綺麗なお菓子、食べるのが勿体ないです」

「君のために作ったんだから、食べてもらわないと困る」

わざとらしくため息をつく松倉に望は笑いながら頷いて、フォークを手に取った。真っ白い雪のようなクリームの下にはパンを更に柔らかくしたような黄色いカステラが敷き詰められている。

——間に挟まっているのって、イチゴとブドウだ。

生の果実を挟んだ菓子など、望は口にしたこともない。恐らくこれからも、一生食べることはないと思っていた。

ケーキをフォークで崩し、口へと運ぶ。見た目と同じく、食感もふわふわとして口の中で柔らかく蕩(とろ)ける。

その瞬間、望は随分昔に忘れてしまった味が舌の上に広がるのを感じた。

「……甘い」

ぼんやりとだったけれど、確かにそれは甘味だった。望が知るのは餡(あん)の甘みだけれど、いま口の中に存在する感覚はそれを遥(はる)かに上回る。

「分かるのか、望」

「はい。イチゴの酸味が、クリームとスポンジの甘みを引き立たせてくれてます」

答えてから、望は酸味も思い出していたと気付いた。

もう何年も忘れていた感覚が戻ったという感動に望は涙ぐむ。もう一生戻らないと諦めていた味が分かるのだ。夢ではないことを確かめるように、望はケーキをゆっくりとかみしめて食べる。

「甘くて、美味しいです」

「良かった。少しでも君に味覚が戻ったのなら、作った甲斐（かい）がある」

まるで自分の事のように松倉も嬉しそうに微笑み、望の味覚が戻った事を喜んでくれている。

やはり錯覚などではなく、舌の上には柔らかな甘みが広がる。

「ありがとう……ございます。松倉さん」

「私のキスより、甘味の方が重要だったかな？」

キスでは泣かなかった事を言外に指摘され、望は慌てた。

「そ、そんなつもりじゃ」

「意地悪が過ぎたね。君の味覚が戻った事は、私も嬉しいよ。恋人同士のキスよりも、ずっと大事だと分かってる」

頭を撫でる手には、愛情と慈しみが込められていた。味が分からないというのは、特殊なことだ。普通なら説明されても、可哀想だと思いこそすれ感情移入するのは難しい症状だろう。

けれど松倉は、料理人という立場を抜きにしても、望の辛さを理解してくれている。

「少しずつでいいから、君の味覚が戻るようこれからも協力するよ」

「これからも……ですか」

「まかないの時間だけじゃなく、いつでもおいで。鍵は持ったままでいいから。まさか、これでお別れなんて、思っていないよね」

優しく笑う松倉が身をかがめ、望に口づける。深いキスは、望の息が上がってしまうまで続けられた。


そして再び、大河屋での日々が始まった。

変わったのは、仕事が終わると『クレエ』に行くことだ。

芳秀から大旦那に話が行っているらしく、夕食を『クレエ』で取るのを咎められることはない。

むしろ望の味覚が戻りつつあると知らされてからは、番頭達まで率先して送り出してくれる。

番頭達にしてみても、望が松倉から教えられる西洋の食材には興味津々なのだ。和食には精通していても、外国との取引は最近始めたばかりなので、情報も繋がりも薄い。

なのでどんな事でも、洋食に関する情報を得られるのは貴重なのである。

「望、お前のお陰で新規の客が付いたぜ。港の側にできた、外国人専門の菓子店に、乾し果物を卸すことが決まった」

「本当ですか、芳秀兄さん！」

仕事が生き甲斐の望にとって、自分の行動が新規開拓に繋がったのは純粋に嬉しい。

どうやら名の知れた洋菓子店らしく、番頭達も他の洋食店に売り込みができると喜んでいる。

街の気質として流行り物が好きだから、良い感じで大河屋が新規に取り扱い始めた西洋食材の評判が広まってるようだと丁稚も話していた。

——よかった。

世話になっている大河屋が繁盛することが、何よりの喜びだ。

「これもお前が、一樹のところで西洋料理を勉強してきたお陰だ。これからもあいつから、色々情報を聞いて来いよ」

「あ……はい……」

一瞬の戸惑いを芳秀は見逃さなかったらしく、望の腕を掴むと店の奥へと連れて行く。

「最近、一樹の話になるとやけにぎくしゃくした態度を取るけど。なにかあったのか？」

「いえ、なにも。松倉さんには、本当によくして頂いて……」

話しながら、望の顔は真っ赤になっていく。松倉のことを思い出すと、同時にあの濃厚な口づけが脳裏を過ぎってしまうのだ。

しどろもどろになって俯いた望の言動から何かを察したらしく、突然芳秀が語気を荒らげた。

「あの野郎、望に手をだしやがったか。戻ってきたら、味覚も大分改善されてたから、こりゃなにかあると踏んでたけど完全に想定外だ」

「待って下さい。その、優しくしてもらってるだけで、なにもないです。ちょっとあの口づけられただけで……」

言ってから、口元を押さえるが既に遅い。今にも殴りに行きそうな芳秀の腕にしがみつき、必死に押しとどめる。

「本当にそれだけなんです。きっと松倉さんは、舌の感触を確かめるためにしただけで……それ以上のことは、していません」

実際口づけを何度か交わしただけで、それ以上進展はしていない。けれど愛の告白を受けたことは、未だ望自身も半信半疑なのであえて伝えはしなかった。

自分では上手い言い訳ができたと思ったのだが、何故か芳秀は頭を抱えて座り込んでしまう。

「よ、芳秀兄さん？」

「望は、一樹が好きなのか？」

突然の問いに、望は真っ赤になって俯く。それが答えになっていると望は気付いていない。

「望が納得してるなら、俺は構わない。けれど、嫌なことされたら、正直に言うんだぞ」

「いえ、本当になにもない、です。ほんとに……」

ぽんぽんと、子供にするように頭を軽く叩かれる。押し問答で話し合いになりそうもない時は、芳秀がこの合図で会話を終わらせるのが常だ。

そうしないと全てのことに引け目を感じている望が、謝罪をして話を終わらせようとするから、いつの間にか芳秀が『兄弟のルール』として決めていた。

「そうだ。たまには、他の店で食ってみるか」

「え……」

「望の舌がどれだけ味が分かるようになったか確かめるには、一樹の料理以外の物を食べてみるのが一番だろう。お袋のでもいいんだけど、望が食う分は味付けが濃くなるしなあ。一樹の所には使いを出しておくから、仕事が終わったら俺の部屋に来いよ」

一方的に捲（まく）し立てられ、望は頷くしかできなかった。どちらにしろ、芳秀の誘いを断るなど望には無理なことだ。

――毎日お世話になるのも申し訳ないし、たまには芳秀兄さんと食事もいいかも。

味が分かり始めたせいか、食事自体にも興味を覚え始めている。全ては松倉のお陰であるが、いつまでも頼り切りでは悪い。

その日、望は少しばかり仕事を早く上がらせてもらい、芳秀に新しく開店したと言うカツレツ屋へ連れて行ってもらった。

豚肉を厚切りにして揚げたものに、味噌だれをつけて食べるのだと教えられる。見た目は松倉が作ってくれる洋食に似ていたから、あまり躊躇(ちゅうちょ)なく望は口へ運んだ。

——……あれ？

何かが、物足りない。味噌味が濃く衣もさっくりとした歯ごたえで、以前のように塩をかけたい衝動には駆られなかった。

なのに咀嚼(そしゃく)して飲み込むカツレツに、違和感を覚える。

望は小首を傾げながらも半分ほど食べたが、やはり違和感の正体は摑めなかった。

「やっぱり、味が分からないか？」

声を潜めて聞く芳秀に、望は付け合わせのたくあんを嚙みながら首を横に振る。

「以前よりは、分かります。でも……」

麦を混ぜた白米も、メインのカツレツもぼんやりとだけれど味は分かった。なのに、松倉の作る料理とは決定的に何かが違う。

——どうして？　美味しいって、分かるのに。

自分でも理由が分からず、望は首を傾げる。どう説明すればよいのか分からないが、ともかく料理は完食した。

店を出て、大河屋へと戻る帰り道。芳秀がうーんと唸る。

味覚が戻りかけているというのを、疑問視しているのだろうかと望は不安になったが、意外な事を指摘された。

「舌ってのは繊細なものだから、ちょっと分かるようになったからってすぐに元通りになるとは思ってねえよ。でも、もし今日のカツレツを一樹が作ってたら、感想は違ってたと思うんだけどどうだ？」

問われて、望は何故か分からないけれどその通りだと思った。上手く説明はできないが、もっと明確に味が分かっただろうと素直に答える。

するとと芳秀は、にやりと笑って望の顔を覗き込む。

「妬けるな。一樹の作る料理は、心が籠もってるんだよ」

「そう、でしょうか？」

「料理は愛情だって、お袋もよく言ってるじゃねえか」

――そうなら嬉しい。

もし松倉が、自分のために心を込めて料理を作ってくれるならこんなに嬉しいことはない。

「直接伝えてみろよ」

「そんな……僕なんかの感想を伝えても迷惑になりますよ」

「迷惑なんて言いやがったら、俺が一樹をぶん殴ってやる」

「芳秀兄さん」

「じゃあ、話ができるように兄ちゃんが上手くやってやる。望は何も心配しなくていいぞ」

とても不安だけれど、やる気になっている芳秀に水を差すのもどうかと戸惑う。結局、望の承諾を得ないまま、よく分からない計画は芳秀の主導で進み始めてしまった。


暖簾をくぐり、大河屋に足を踏み入れた松倉は、仕事をする望を目の当たりにして息を呑む。

まだ丁稚の見習いが掃除をしている時間にもかかわらず、手代の望は店に出て在庫の確認などをしに慌ただしく動き回っていた。

『クレエ』で見せた穏やかな表情はなく、真剣に仕入れた乾物と帳簿を見比べ、僅かな見落としも許さないという緊張感が伝わってくる。

――手代なら、もう少し時間に余裕を持てる筈だが……大旦那が見込むのも当然だな。

いくら恩があるとは言え、休憩の許される時間を削りここまで真剣に仕事をする奉公人はまれだ。

皆生きていくために働きはするけれど、基本的に自分の事が優先になる。命じられれば素直に言うことも聞くが、本心から全てを仕事に捧げる者は少ない。

しかし、見惚れてばかりいては計画が無駄になってしまうので、松倉は名残惜しく思いながら望に声をかけた。

「望君、おはよう」

「松倉さん。どうしたんですか、配達時間は午後の筈でしたよね。あ、僕の記憶違いでしたらすみません」

「いや、予定を勝手に変更したのは私だよ。今日は休みにしたんだ」

言われた意味が分からないようで、望はきょとんとして小首を傾げる。先程とのギャップが激しく、それも可愛いと松倉は思った。

「すみません、望君をお借りしますよ」

奥に向かって声をかけると、番頭の源三が笑いながら答える。

「ああ、大旦那から話は聞いてます。遊びなんて知らない子供だから、程々に頼みますよ。望、滅多にない休日なんだから、羽を伸ばしてきな」

「どういう事ですか?」

当事者であるのに、全く知らされていなかった望が疑問の声を上げた。

帳簿を両手で抱えたまま、困惑気味に自分と番頭を交互に見つめる望は子犬のように愛らしい。

「君は盆暮れにも休みを取らないと聞いていたから、一日くらいは自由にできる時間を作ってもらえないか芳秀（よしひで）にかけあってもらったんだ。大旦那も快く了承してくれたよ」

「僕はなにも聞いてないです」

「事前に話したら、君は必ず遠慮するだろう」

指摘すれば、望は渋々と言った様子で黙る。恐らく、自覚はあるのだろう。

――強引かと思ったが、正解だったようだな。

狼狽（うろた）える望の手を取って、無理矢理店から連れ出す。着物が、とか前掛けがなどと呟（つぶや）いていたが、聞こえない振りをして歩き続けた。

「これから行く場所は、気取った所じゃないし。気にすることはないよ」

「でも……」

「じゃあ、気になるなら着替えようか」

望が自分の服を気にすることも、織り込み済みだ。

あらかじめ話を付けておいたなじみの呉服屋に行き、仕立ててあった袴（はかま）を着付けるように店員に告げる。

押しに弱い望が泣きそうな顔で奥の部屋へ連れて行かれるのを見送ってから時間を確認す

る。
――流石（さすが）、芳秀だな。段取りは上出来だ。

二人で出かけろと背中を押したのは、意外にも芳秀だった。

呉服屋で仕立てる際に、望のサイズを細かく伝えて生地まで指定してきた。松倉としては望に洋装をさせたかったのだが、『兄である俺の意見を尊重しろ』と押し切られ、結局学生に流行（はや）りの袴になった経緯がある。

その他にも、望が興味を示しそうな舞台のチケットや本屋への地図まで渡された。

――弟というより、妹扱いだな。

初めて望の存在を教えられたとき、てっきり囲い者にするのかと思ったが、意外にも芳秀は手を出さずまっとうに面倒を見ている。

理由は恐らく、望が受けた虐待の過去を知ったせいだと今なら分かるがそれにしても随分と過保護だ。

大河屋の主人だけでなく、子息や同僚に見守られてなお、望は彼らに極力頼ろうとはしない。それがまた、庇護欲（ひごよく）をかき立てるのだけれど、本人だけが気付いていないのだ。

そして現在、自分を頼る相手としてくれている事に、松倉は優越感を覚えている。愛（いと）しく思う相手に頼られて悪い気はしないし、何より他者よりも踏み込んだ立ち位置に居られることが嬉しい。

そんな事を考えている間に、望の着付けが終わり奥から出てくる。

「着てた着物は、大河屋へ届けてもらえばいい。済まないが、あとは頼むよ」

あえて望の意見は聞かず、その手を取って店を出る。

夕飯は芳秀の配慮で、今も松倉のレストランで食べているけれど、まる一日仕事なしで二人きりは初めてだ。

芳秀の言い分としては『お互い仕事漬けだし話が合うんだから、一日くらい休め』、という事らしかったが、裏に何かある気がしてならない。だが松倉としては芳秀の思惑を上手く利用できるので、お互いの利害が一致し今日の計画に至ったという流れだ。

「私のエスコートで、構わないかな。これから西洋演劇を見に行く予定なんだが」

尋ねると、望が不安げな顔でこくりと頷く。

「不満があるなら、言ってくれて構わないんだよ」

一瞬、望がなにか言いたげに口を開いたけれど、何事かを考えるように押し黙る。思い詰めたような表情が気になったが、あえて詮索はせず気軽に楽しめるようにと松倉は明るく言葉を促す。

「演劇が嫌なら、別の所へ行こうか？　昨日から欧州の帆船が来ているそうだし、それを見学するのも楽しいだろうね」

「いえ……こんな高い袴を汚してしまったら大変だなって。それに、劇の券を買うお金もな

いし」

「券なら、芳秀が用意してくれたよ。袴の見立ては、私の意見も取り入れさせたけどね」

何を言っても、この状況から逃れられないとやっと悟ったらしく望が肩を落とす。自分の金でないのだからと、考えなしに喜ぶ輩とは違い望は歳に似合わず大人びている。というか、過剰に自身へ向けられる優しさや幸せを否定する傾向にある。

そんな望の気持ちが少しでも解れて、歳相応の明るさを取り戻せば味覚にも良い兆候が出るのではと松倉は考えていた。

虐待と、それに伴う過剰な自身への抑圧が『味覚異常』という病に繋がっているのだとすれば、治す道筋も朧気だが見えてくる。

――それにしても……こうして望君と歩いていると、私は良家の子息をかどわかす遊び人だな。

すれ違う人々は、仕立ての良い紬の袴を着た望に視線を向けている。

見目を整えてやれば、その愛らしい容姿は更に引き立つだろう。なのに本人は、自分の持つ魅力に気付いていない。

「あの、やっぱり離れて歩きませんか?」

「どうして?」

「松倉さんと僕とじゃ……釣り合わないし。その、申し訳なくて」

「何を言い出すかと思えば」

苦笑して、松倉は望の手を摑み引き寄せた。

それだけで顔を真っ赤に染める望の初心な反応が、可愛くてたまらない。

劇を見た後は、甘味を食べて最近流行りの料理の話をする。互いに仕事ばかりだったから、話題は自然と乾物や季節ごとの流通が中心だ。もしも芳秀が見ていたら、休みに仕事の話はするなと、割って入ってきたことだろう。

素直に休日とは呼べない一日だったが、満足げな望を見ているだけで松倉は幸せな気持ちになる。

しかし、これだけでは抑えきれない気持ちが心の奥に渦巻いているのも事実だ。

夕刻になると、流石に疲れてきたのか望の足取りが緩やかになる。それでも疲れたとは一言も告げず、微笑みながら松倉の半歩後を付いてくる。

「……こんなに無防備だと、私も抑えが効きそうにないな」

不埒な大人の考えなど知らない望をかどわかすのは、松倉にしてみれば造作もない。本来ならもっと手順を踏んで、望との距離を近づけるのが先決だと理性では分かっていても、雄の本能が松倉を突き動かしていた。

「なんですか？」

「いいや、気にしないでくれ」

恋愛に疎い望に、少しでも意識してほしい。言葉で説明しても頑なになるだけと分かっていたから、雰囲気で感じ取ってもらえればと、らしくなく焦りがあったのは否めない。

さりげなく花街に近い道を歩いてみたものの、望はその場所がなんであるのかすら分からない様子だ。

風に乗って聞こえてくる笑い声や白粉の香りに戸惑いつつも、何も知らない望の感覚が花街独特の甘い色香に捕らわれていくのが手に取るように分かった。

――私も随分と、酷い男だ。こんな無防備な子に、酷い真似をしてしまう所だった。

ぼんやりと周囲を見回している望の肩を抱き、身を寄せるように促す。初めて知る艶のある雰囲気に飲まれ、望は半ば怯えている。

純粋すぎる望には、花街の毒は少々過ぎた物だったらしい。もう少し歩けば、花街の領域から外れる道に出る。そうしたら普通の喫茶店にでも入って、気持ちを落ち着かせてやらなければと考えながら、松倉は焦りすぎた自身を反省する。

「折角の休みなのに、お互い仕事の話題ばかりになってしまったね」

「すみません」

松倉はともかく、大河屋へ預けられてから望は仕事だけが生き甲斐だったらしく、遊びも街での流行り物すら知らなかった。

けれど興味はあるようで、控えめに尋ねてくる。そして松倉の説明に目を輝かせて聞き入る姿は純朴で可愛らしいと思った。

「どうして謝るんだ？　私は君と共通の話ができて、とても楽しい。欲を言えば、もっと君との間に共通の話題を増やしたい」

他人の視線を気にして俯く望の手を、松倉はそっと握った。

「……駄目ですよ。松倉さんまで、変な目で見られちゃいます」

「恋人同士に思われているだけだよ」

「僕なんかが、松倉さんみたいに素敵な人の恋人だなんて誰も思いませんよ」

「私が相手では嫌かい？」

真顔になって問う松倉に、望が大きく首を横に振る。

「そうじゃないんです。でも……」

誤魔化してしまいたいのは分かったが、あえて松倉はそれを許さない。

「まだ君の返事を聞いていない」

「……お気持ちは、すごく嬉しいです。けれど僕は松倉さんとは釣り合いません」

「望君」

「こうしているだけで……幸せな夢の中にいるみたいで。もう一生分の幸せを使い切ったかなって思ってて」

身寄りのない奉公人と、政財界の重鎮も訪れる有名店の主人。

いくら松倉が気にしないと言っても、性別以前に立場やしがらみなど、二人を隔てる障害は大きいのだと望が続けた。

「芳秀兄さんの紹介がなかったら、こうしてお話しする事もありませんでした」

「けれど今は、こうして話をしているじゃないか」

並んで歩きながら望の横顔を窺うと、意図的に視線を逸らされる。

「君と話をしていると、前向きな気持ちになれる。君はもう、私の中でなくてはならない存在なんだ」

珍しく、焦っていると自覚があった。今まで好みの相手を口説くときも、ここまで真剣に迫ったことはない。

無視を続ける望に対して、怒りよりも嫌われてしまったのではないかという不安が胸に満ちる。

「望君、私は本気で……望？」

よく見れば、望の頬は火照り焦点も合っていない。

「あ……すみません。お店だと平気なのに、どうしたんだろう……」

考えてみれば望は大河屋に来て以来、芳秀以外と遠出をしたことがないのだ。普通なら気楽に過ごす休日も、今の望からすると顧客である松倉の接待と感じていた可能性が高い。それに加えて、慣れない人混みだ。

――人酔いするのも、無理はないな。

多少、彼の気持ちを高揚させて少しばかり不埒な行為にと目論んでいたのは否めない。けれど望の具合が悪くなってしまったのは想定外であるし、やり過ぎたとも思う。

「私の配慮が足りなかったね。その横町を入ったところに知り合いの茶屋があるから、休んでいこう」

いつもなら遠慮する望も、相当参っているのか松倉の提案に大人しく頷く。崩れそうな望の体を支えてやりながら、松倉は茶屋へと入った。

格子状の引き戸を松倉が開けると、奥から年配の女将が出てくるのが見えた。どうやら松倉はこの店と付き合いが長いのか、何事かを言付けただけで女将は二人を奥の間に案内してくれる。

通りから少し入った場所にあるこの茶屋は、古い町屋を増築したような造りで、廊下を進むに従って外の喧騒は徐々に聞こえなくなっていく。

落ち着いた雰囲気の和室に通された望は、松倉と二人きりの緊張感よりあの騒がしさから逃れられた安堵感が勝りほっと息をついた。

――夢みたいだ。

芳秀が計画を立ててくれたとはいえ、一日を潰して自分と共に過ごしてくれた松倉の優しさに望は感謝する。

けれど、これ以上優しくされたらきっと自分は松倉から離れられなくなるだろう。

――早く、伝えないと。

本当は出かける前に、会うのはこれで最後にしたいと告げるつもりでいた。味覚も以前に比べれば大分戻ったし、これ以上彼に迷惑はかけられない。

だが松倉と過ごす時間が楽しくて、なかなか言い出せなかったのだ。

程なく先の女将が、お茶と水菓子を運んできてくれて、望は適度に冷まされたほうじ茶を飲み、やっと肩の力を抜く。

「今日は本当に、ありがとうございました」

「どうしたんだい、急に」

店を連れ出されたときから、望は覚悟を決めていた。これ以上松倉と親しくなっては、彼の仕事に支障が出る。

もう少しだけ、この夢のような日々が続けばいいと思っていたけれど、それは引き延ばせばその分だけ別れが辛くなるものだ。

この優しい関係を長く望んでも、松倉は拒絶しないだろう。けれど、立場が違いすぎる。大旦那に見込まれていても、味が分からない望は決して番頭にはなれない。

まして自分の店を持つ暖簾分けなど、以ての外だ。

「……ご恩は、決してわすれません。今日の事も、生涯の思い出にします」

自分のような者を気に留めていてくれただけでも、十分過ぎる。

「まさかとは思うけど、君は私ともう会わないつもりでいるのかい？ 私は君を、諦めるつもりはないよ」

「だって、立場が違い過ぎます」

「なら芳秀はどうなんだ？ 彼となら、一緒に居れると言うのか」

問い詰める松倉に、望は首を横に振る。

「……芳秀兄さんも大旦那様も、僕を家族のように見守って下さってます。けれど、奉公先の主である事は片時も忘れていません」

いずれ芳秀は妻を迎え、大河屋を継ぐ。そうなれば自分は、ただの奉公人だ。弟のように優しくされても、越えてはいけない一線があることくらい、望も分かっている。

それが何の関係もない松倉相手なら、尚更望が自戒しなくてはならない。

「松倉様の作って下さった料理のお陰で、味も少し分かるようになりました。感謝しても、しきれません。芳秀兄さんは『心のこもった手料理だからだろう』って言ってました。親に見捨てられた僕に、ここまで優しくして下さって本当にありがとうございました」

正座をし俯いていた望の手に、松倉の手が重ねられる。

「おこがましいのは、承知してます」

「嬉しく思うよ。彼の言ったとおり、君のために用意する料理は、特別な気持ちで作っていたからね」

「それって……」

「愛する人には、笑顔で食べて欲しい。ただその一心で作った。それで少しでも君が味覚を取り戻せたら、私はとても嬉しい。これからも、君に私の料理を食べて欲しいんだ」

料理人らしい愛の告白に、望は泣きそうになる。けれど頷くことはできない。

頑なに首を横に振る望に、松倉は呆れもせず静かに説得を続ける。

「こんな気持ちになったのは、初めて自分の店を持ったとき以来だ。ああ、店と望を同じに見るなんて失礼だったな……」

「いいえ、嬉しいです！　店を構えるのは、商売をやってる人にとって夢です」

「君の言葉には嘘がないから、聞いていてとても心が軽くなる」

当たり前の事を言っているだけなのに、目の前の松倉は泣き笑いのような表情を浮かべていた。

初めて見る彼の表情に、望は少なからず動揺する。各界の著名人に認められる程の腕前を持っているのにもかかわらず、自分のような身分の低い者が当たり前の事を言っただけで、松倉はまるで最高の賞賛を受けたかのように喜んでいるのだ。

――もしかして松倉さんは、真剣に応援されたことがないのかな？　まさか……でも……。

松倉の料理の腕は、芳秀も認める確かなものだ。地位のある人々も予約をして食べに来る程だから、洋食界には名が知れていると望でも分かる。だが同時に、名が知れればそれだけやっかみも多くなる。

利害やしがらみを考えれば、純粋に店を持つことに対して祝福する者は少ないだろう。それに松倉自身も、疑心暗鬼になってるのかもしれない。

「松倉さんなら、絶対に僕なんかより良い理解者を得られます。きっと、僕が側に居るから、僕の言葉だけを意識してしまうんですよ」

「いいや。私には君だけだ……望君、私は君が欲しい。心も体も全て」

不意に抱きすくめられ、望は身を強ばらせた。松倉の体は細身だが、しっかりと筋肉が付いていて望が抗っても腕は少しも揺るがない。

加えて、幼い頃に栄養の足りなかった望は、同年代よりもかなり華奢な体格だ。

「君がこうして、具合が悪くなってしまったのは私の責任だ」

「どういうことですか？」

「恋愛ごとに疎い君に、その……少し強引に色町の雰囲気だけでも感じてもらえれば、私の事を意識してもらえるかと。浅ましいことを考えた結果がこれだ。本当にすまない」

「そんな、松倉さんが謝る事なんてありません。僕が色事に不慣れだから、気を遣ってくれただけでしょう？」

余裕のない松倉を初めて目にした望は、ただ驚くことしかできない。彼の立場を考えれば、只一言望に『一晩相手をしろ』と命じるだけで十分だ。取引先の手代でしかない望は、店の事を考えれば断れるはずがないのだから。

なのに松倉は、望の意志を尊重してくれている。

「僕なんて、なにも持ってないのに。これまで松倉さんのお相手をしてきた女の人たちみたいに、上手くできる自信もありません」

「そんな事は関係ない。私は君が欲しい。恋人になりたいんだ、望」

求める言葉に、心が揺れる。嫌だと言わなければいけないのに、望の唇は震えながら反対の答えを口にしてしまう。

「……僕で……良ければ」

立場が違う。

そう何度も心の中で繰り返した筈なのに、松倉に求められると拒絶できない弱い自分がいる。

これまで自分は芳秀や大河屋の人々から、沢山の愛情を与えられていた。

家族の愛情が不足していた望にとって、大河屋での生活はいくら感謝してもしきれない程、温かなものだ。

けれど松倉と会ってから、自分がもっと別の愛情に飢えていると思い知らされた。それは初めて知る感情で、決して得られない物だと無意識に思っていたから、余計に欲する気持ちが強くなってしまう。

なんて浅ましいのだと自覚しても、望は松倉の腕を振り払えない。

「ごめんなさい」

「どうして謝るんだ。私は無垢な君を奪う悪い大人なんだよ」

「あ、松倉さん？」

抱き上げられて、望は隣の部屋に連れて行かれた。

茶屋というのは単純に休息する部屋を貸すだけの店だとばかり思っていたが、隣室へ続く襖が開いた瞬間望は目を疑った。

室内は薄紅の色行灯が二つも灯され、真ん中には上等な布団が三枚重ねで置かれている。床の間に美しい牡丹が生けられ、まるで御殿のようだと望は思う。

——手代の若衆が話してた、花魁の部屋そっくり。

もちろん若衆達も、花魁を買う給金など持ち合わせていないので、どこからか聞きかじった知識でしかない。けれど部屋の雰囲気からして、ここが普通の茶屋でないのは一目瞭然(いちもくりょうぜん)だった。

慣れているのか、松倉は望を布団の上に降ろすと自分も横に座って抱き寄せる。

「あ、あの。ここでするんですか？」

いくら知識がないとは言え、最低限のことくらいは望も知っている。けれど家でもない場所で肌を重ねるなんて、想像もしていなかった。

「こんなところで関係を持つのは、失礼だったね。気が急(せ)いてしまって、呆れただろう」

「そんな、こと……ないです」

体を離そうとする松倉に、望はしがみつく。

「今でこそ仕事に集中してるけれど、芳秀の言っていた通り一時期荒れて遊び回っていた時期があるんだ。そんな私に、気を遣わなくていいんだよ」

「僕の方こそ。その、全然分かってなくて」

ここで松倉を拒絶したら、二度と触れてくれないかも知れない。

彼と特別な関係になってはいけないと思う気持ちと、繋がりたいという相反する想いが望の中でせめぎ合う。

――だめ……なのに。

松倉の上着に縋(すが)る指が震える。離れるなら今しかないと分かっているのに、体が言うことを聞かない。

だったら、松倉に抱く気をなくさせれば良いのではと考える。

「……僕、松倉さんになら何をされたってかまいません……でも松倉さん、きっとがっかりすると思います」

「何故？　花街に来たことはないのかい」

母も愛した父を暮らした日々は、幸せだったと聞いていた。けれど、望に幼い日の記憶は少なく、八沢から愛情を得ようとして言われるままに金を渡す母の印象が強い。そのせいか、望は恋愛というものに関心がない。身売りこそしないが、酌婦として働いていた母の姿が目に焼き付いていて花街に近づくのにも抵抗があった。

「――はい。こういう時に何をすれば良いのかさっぱり分からなくて。仲間から誘われた事は何度かあるんですけど、芳秀兄さんが『お前には、まだ早い』って止めてくれて。それに貯金もしたかったから」

それに、と望は恥じ入るように身を竦めた。

「僕、昔の事があったせいか……その、自分でしたこともなくて」

八沢から受けた虐待は、味覚や食事に関すること以外でも症状が現れていた。年相応に夢精に近い状態は経験しているが、勃つだけで射精には至らないのだ。

「では私が、望の全てをもらえるわけだ」

「なにもできないんですよ！　松倉さんを楽しませる方法は、口でするやり方しかわからな……」

「それ以上は言わないで。それに私は、君に奉仕を求める気はない。大切にしたいんだ」

唇に松倉の指先が触れて、望の言葉を封じた。けれど与えられるばかりの優しさは、逆に望の不安を煽(あお)った。

大河屋では身を粉にして働くことで、恩を返してきた。だが松倉は、なんの見返りも要求しない。

愛情故と説明されても、恋すら知らない望は無償の優しさを恐れてしまう。

「お願いです、せめてなにかさせて下さい」

「困ったな。君は無垢すぎて、酷い事をしてしまいたくなるよ」

「かまいません」

「冗談だよ……——それじゃあ、あれを着てくれるかい」

必死に言い募る望に根負けしたのか、松倉が一つの提案をする。

床の間の横に飾られていた赤い単衣(ひとえ)を、松倉が指さした。色事を目的とした部屋だから雰囲気作りに、置いてあるのだろう。

「それだけで、いいんですか？」

「ああ」

松倉が手を伸ばして、かけてあった単衣を手に取り望に渡す。

触れてみると、それは上等な絹で作られており袖や裾の端には深い朱の牡丹が刺繍されていた。

仕立ててもらった袴以上の値がすると、庶民の望でも分かる高級品だ。

「嫌な気持ちにさせてしまったのなら、すまない」

単衣を手にしたまま動かない望を見て、松倉が虐待の過去を連想させたと勘違いをしたらしい。色事を行う茶屋だと聞かされたときは、少なからず動揺したのは否定しない。けれど松倉と話をしていると不思議に気持ちは落ち着いていた。

「自分でも分からないんですけど、松倉さんと一緒だとなんだか落ちつきます。ただこんな高い着物、見たのも触ったのも初めてだから驚いちゃったんです」

望は壊れ物を扱うように、滑らかな生地をそっと撫でる。

「こんな綺麗な着物に僕が袖を通すなんて、勿体なくて」

分不相応だと、望は続ける。仕立ててもらった袴も手にしている単衣も、望が一生かけて働いたところで決して買えはしない。

「望君は、真面目だな。君と話していると、自分が汚れていると実感するよ」

何故松倉が、そんなことを言うのかが理解できず首を傾げる。けれど問いかける前に、慣れた手つきで袴と下帯を脱がされ、望は露わになった肌を隠すために単衣を着ざるを得なくなる。

「……松倉さん、手品師みたいですね」

「誉め言葉なのかな？」

気恥ずかしさを誤魔化すために言ったのだけれど、どう返せば良いのか分からずぎこちない沈黙が落ちる。

——帯……どこだろう。

さりげなく前を合わせて再び松倉の横に座ろうとすると、腰を抱かれて彼の膝へ横抱きにされてしまう。このまま行為に及ぶつもりなのだと、初心な望でも察することができた。

「待って下さい……着物が汚れます」

「雰囲気を出すために置いてある単衣だから、何に使うか店も承知している」

「そうなんですか？」

「……ここは連れ込み茶屋といってね、逢い引きの場を貸してくれる店なんだよ。もしかして、今まで気がつかなかった？」

「はい。同僚から聞いたことはありましたけれど、本物は見たことがなくて」

説明されるまで、本気で望は『変わったお茶屋』程度の認識しかなかった。というか、自分が松倉とこのような場にいる事が未だ夢のようで、現実味がない。

「真面目な望君には、少し現実離れした雰囲気の方がいいかと思って入ったんだけれど……

予想以上だな」

「だって松倉さんが選んだお店ですから」

もし彼が誘ったならば、花街の店にも躊躇（ちゅうちょ）なく入っただろう。

彼を信頼しているという理由もあるが、なにより松倉にならば何をされても構わないと思っている。

それを正直に言うと、とても困った顔で笑われた。

「君は素直すぎるよ。少しは、悪い大人を疑わなくちゃ駄目だ」

そう言いながら、松倉は単衣の合わせ目から手を入れて胸元を愛撫（あいぶ）し始める。胸や鎖骨の辺りを撫でられ、望は擽（くすぐ）られているようで、逃れるように身を捩（よじ）った。

「松倉さんはいい人です。僕は信じてますから」

「――もし、隠し事があるって言ったら、君はどうする？」

「誰だって秘密はあります」

大真面目に答えると、僅かに松倉が眉（まゆ）を顰（ひそ）めた。

「素直な所は、君の美徳だ。けれど八沢のような人間の食い物にされやすい。本来なら君自身が気をつけるべきなのだろうけど、傷つけられたままの君にそこまで強いるのは酷だ」

「……やっぱりあんな目にあったのは、僕にも原因があるんですね」

「そういう意味じゃないんだ。あんなたちの悪い者に付きまとわれているのを知れば、芳秀や彼の両親のように、守りたいと思うのが普通だ。私も君を守りたいと思っている。彼らのように、家族愛ではなく恋人として」

これまでも、松倉からは何度も告白を受けてきた。

疑っていた訳ではないけれど、心のどこかで『本気にしてはいけない』と自制していた部分はある。でも今、こうして辛い部分も承知で指摘してくれる彼の言葉に、望は素直に頷くことができた。

「とりあえず、この話は終わりにしよう」

わざと意地悪な笑みを作って、松倉が手を望の脚の付け根へと滑らせた。

「んっ……ぁ」

「綺麗だ。望は仕事着も清楚で良いけれど、こういった派手な着物も似合うね」

嬉しそうな声に、望は耳まで赤くなる。

愛撫と口づけを絶え間なく与えられ、望の肌は次第に火照り始める。

擽ったいだけだった感覚に淫(みだ)らな熱が混じるのを感じるけれど、何も知らない望の体は快楽を逃す術(すべ)を知らない。

「恐(こわ)い？」

問いかけられ、望は自分が震えていると気付く。一時、忘れていた恐怖がこみあげてきていた。

それは快楽のせいではなく、明らかに過去に受けた虐待の記憶が呼び起こしたものだ。

――僕に触れているのは、松倉さんなんだから……平気……。

恐ろしい事を強いた八沢ではなく、愛する人に触れてもらっている。なのに、指摘されたことで未知の行為と、心の根底に蟠る記憶が望の心を暗い影で覆っていく。

松倉の手が触れると肌は火照り、擽ったいような感覚が全身を駆け抜ける。心と体がどうして相反する反応をするのか理解できない望は、自分が悪いのだと咄嗟に結論づけた。

「……やめて、ください」

大きな掌が望の自身を扱いた瞬間、初めて知る淫らな衝動が全身を駆け抜けた。耐えきれず彼の腕から逃げようとするが、どうしてか松倉は離してくれない。

「僕、やっぱり汚い。おかしいんです……これ以上は、松倉さんが……汚れてしまう……から、だめ」

「落ち着いて。君に触れているのは私だよ」

頭の中で、八沢に口淫を強制された記憶が蘇る。自分を抱いているのは松倉だと分かっていても、思い出したくもない記憶が望の心をぐちゃぐちゃに引き裂いていく。

「汚いんです――ごめ、なさい……なんでも、するから」

「君は汚くなんてない。息を吸って、私を見てごらん」

虐待の最中は、命じられたとおりにしないと酷い時間は長くなるばかりだった。なので望は条件反射で、松倉の言うとおりにする。

深呼吸を繰り返し、視線を彼に向ける。涙で潤む視界はぼやけていたけれど、松倉が微笑んで見つめてくれているのは分かった。

「松倉、さん……」

「君は心も体も、敏感で繊細だ。錯乱してしまうのも、無理はないよ」

「嫌じゃないですか？」

「何故？」

問いに疑問で返され、困ってしまう。立場も経験も、あまりに自分は松倉と違いすぎる。面倒だと言われても仕方ないと思うのに、松倉は望を怯えさせないように優しい愛撫を続けてくれている。

「だって、あの。つまらないかと、思って」

「君は本当に……参ったな。知らない方が、私としては嬉しいよ」

「すみません」

「望は悪くない。色事を知りすぎてる私を、詰ったっていいんだ」

怯えを取り去るように望の背を撫でながら、松倉が片手で布団の側に置いてあった箱を引き寄せる。

「こういう時は、ふのりを湯で煮詰めたものを使うんだ」

枕の横に置かれた箱から、ガラスの小瓶を出す。

中には白く濁った液体が入っており、松倉が蓋を外して掌に垂らすと、かなり粘りけのあるものだと分かる。

「米と海草の粉を、水で溶いたものだよ」

「どうするんですか」

「繋がる部分に塗り込めると、挿れやすくなる。でも初めてだと、これだけじゃ辛いかな」

二つ置いてあった行灯の明かりを一つ消し、油の皿にもふのりを混ぜる松倉を興味深げに見つめる。

室内は大分暗くなったものの、それでも互いの表情は大体分かる。

「こんな使い方も、あるんですね。大河屋でも干した海草と一緒に少し取り扱ってますけど、大抵は障子紙を貼る糊代わりですから。勉強になります」

真面目に言ったにもかかわらず、どうしてか松倉は苦笑するだけだ。何か変な事を言ってしまったかと焦ったが、彼の言葉に遮られる。

「私はとても、欲深いと今知ったよ。無垢な君を、何があっても手に入れたい」

「ん、くっ」

油とふのりを絡めた指が、後孔に入ってくる。異物感からくる痛みより、松倉に体の内側を触られている気恥ずかしさが勝る。

「よい所があれば、言うんだよ」

——どういう意味だろう……っ。

考える前に、体がびくりと跳ねて望は松倉に縋り付いた。

「や、やだ……なに、今の」

「ここだね」

「あんっ」

甘ったるい悲鳴を上げる望を、松倉の指が追い詰めていく。入り口の少し奥を擦られると、腰が勝手に跳ね上がる。

浅い場所だけでなく、彼の長い指は時折擽るみたいに奥を撫でる。するとじんわりとした疼きが下腹部に広がり、望ははしたなく身悶えた。

——あそこ……弄られてるだけなのに。どうして？

朧気ながら性交の知識はあっても、後孔で感じるなど望は考えたこともない。なのに体ばかりが淫らに反応して、焦れったい熱が下腹部に溜まる。

「や、嫌っ……恐い」

こみ上げてくる感覚を堪えようとしても、指が内壁を擦る度にそれは激しくなっていくばかりだ。

後孔を愛されているだけなのに、望の自身は熱を帯びて薄い蜜を先端に浮かべている。

「あっあ、体……変になる」

「まだ中だけでは無理のようだね」

望の腰を支えていた手が、後孔の刺激で勃ち上がった自身を握る。敏感な部分を二カ所同時に愛撫されて、望はあっけなく射精した。

「……ごめ……なさい……」

大好きな人の手を汚してしまった罪悪感と羞恥に、望は身を竦めて謝罪する。

「謝る事なんてない。私はとても、嬉しいよ」

「だって、こんな……すぐに、拭きます」

拭う物はないかと探そうとしたけれど、まだ挿入されたままだった指を動かされて望は悲鳴を上げた。

「あっ」

「まだ交わっている最中なんだから、気にしなくても良いんだよ。そうだ、望が余計な事を考えられないように、こちらだけで感じられるようにしてしまおうか」

敏感になっている内側の奥を指の腹で擽りながら、松倉が触れるだけの口づけを繰り返す。

ただでさえ整った表情に雄の色香が混じり、望はぼうっと見惚れてしまう。

「――そうなれば、松倉さんも気持ちよくなれますか?」

その答えが意外だったのか、松倉が目を見開く。望としては、彼に差し出せる物は体しかないので、当然の答えを口にしたに過ぎない。

「これから先も他の体を知らないままで。私だけのものに、なってくれるかい？」

頷くと、後孔から指が抜かれて強く抱きしめられた。

「君が許してくれるなら、望の全てを奪いたい」

耳元で囁き(ささや)かける松倉の声には、隠しようのない欲情が混ざっていた。口淫だけとはいえ既に他人の精を知り汚されてしまった自分を、こんなにも求めてくれる松倉に嬉しくて目眩(めまい)を覚える。

「……はい」

——松倉さんにとって僕は一時的な遊びなんだろうけど……それでもかまわない。

彼が自分を捨てても、望んだとおり自分は彼しか知らない体のままでいようと、望は心に決めた。

息が整うのを待って、松倉が望を布団へと横たえる。

愛撫で乱れた単衣は、腰の辺りに纏(まと)わり付いているだけで、既に肌を隠す機能は持っていない。

「横向きになってごらん。その方が、初めてだと楽だから」

「こうですか？」

「そう、息を詰めないで楽にして」

性交自体は知識として知っていても、経験のない望にしてみれば松倉の言葉が全てだ。彼の言うとおり、三重に敷かれた布団に、左側を下にして横になる。ふわふわとして不安定だけれど、それよりも心臓が爆発しそうなほどドキドキして頭の中がぐちゃぐちゃになりそうだ。

「まつくら、さ……」

一瞬息を詰めたのには、理由がある。それまで肌を晒していなかった彼が洋服を脱ぎ、下帯を取り去ったのだ。

自分とは形も大きさも違う雄を目の当たりにして、望は本能的に怯えてしまう。

――そんな大きいの、挿るわけない……でも。

折角求められているのに、拒んだら嫌われてしまうという強迫観念と、未知の感覚への恐怖が心の中で広がっていく。

「やっぱり、恐いんだね。無理もない」

受け入れると決めたのに、怯えを隠しきれない自分を情けなく思う。彼に失望されたくない一心で、望は自らの手で後孔を押し広げた。

「望?」

「平気、ですから。い、いれて……ください」

「私は酷い人間だ、愛しく思う相手を恐がらせているのに自分の欲を止められない」

苦笑する松倉が再びたっぷりとその手に油を垂らし、彼の自身に擦りつける。そして滑っている後孔にも、瓶に残っていたふのりを全て流し込んだ。

「望、手をどけて」

言われた通りにすると、彼の先端が直（じか）に触れた。

――あれが、はいってくるんだ……。

自分の性器より二回りは大きい松倉のそれを思い出し、望は無意識に腰を引こうとした。けれどそれより早く腰を摑まれ、恥ずかしい部分が密着する。

「松倉、さん……痛っ」

「ごめんね。望君」

望の右足を松倉が肩に抱え上げ、反り返った雄の先端をゆっくりと埋（うず）めていく。指とはまったく違う圧迫感に、体が怯えて強ばった。

「まつくら……さん……っう」

それでも望は、松倉と繋がっていたくて必死に痛みを堪える。

「さっき指を受け入れた時の事を思い出して、確かこの辺りだな」

「ん、んっ」

指で散々弄られた場所を、松倉の雄が擦り上げた。

形が違うので快感は微妙なものだったけれど、性交経験のない望には十分すぎる程の刺激だった。

「だめっ、だめですっ……じんって、して。へんになる」

「望君の体は、物覚えが良いんだね。これからもっと沢山、気持ちいいことを教えてあげるよ」

「あ、あっ……嫌ぁ」

軽く揺さぶられただけで、背筋を快感が駆け抜ける。

「まだ全部は挿ってないけれど、初めてだし仕方がないか」

松倉の言う意味が、よく分からない。けれど酷く恥ずかしい事だというのは、理解できた。

何か言おうとしても、喉から迸るのは嬌声混じりの嗚咽だけで、望は身も心も蕩けてしまうような錯覚に陥る。

――このまま……松倉さんの作る、甘いお菓子みたいになって溶けそう。

感じる部分を重点的に擦られ、全身が快楽に支配されている。半勃ちだった自身は松倉の手でしごかれ、先端からはしたなく蜜を零していた。

「も……やだ、松倉さん……僕……」

「イきそうだね。構わず出していいよ」

「――っ、ああっ」

根元から先端へと、指で強く扱かれて望は溜まっていた蜜を放つ。

同時に後孔が締まり、内部に納めていた松倉の先端が動きを止め、彼もまた大量の精を望の中へと流し込んだ。

——松倉さんの……。

放たれた精を飲み干すように、内部が蠕動する。射精する間も小刻みに内壁を擦られて、望の目尻に快楽の涙が浮かぶ。

「望はイく時、泣いてしまうんだね」

「だって……松倉さんと繋がって、嬉しくて」

「そんな可愛い事を言われると、もっと欲しくなってしまうよ」

「え……？」

身の内を圧迫していた性器が引き抜かれ、無意識にほっと息を吐く。

けれどすぐに、望の体は仰向けにされ恥ずかしい部分を全て松倉に見せる体位を取らされた。

「やっ」

両膝を摑まれた状態で足を大きく広げられ、後孔に松倉の視線を感じる。脚を閉じようとしても、達したばかりの体は力が入らない。

「そのまま楽にしてて」

「ああっ……ひっ」

「前立腺(ぜんりつせん)でイッた後だから、奥まで敏感になってるね」

のし掛かる形で雄を挿入され、望は悲鳴を上げた。射精してもなお固さを失っていない雄が、一気に奥まで突き込まれる。

「や、深い……の…だめ……」

嫌がる言葉とは裏腹に、きゅっきゅっと内壁が雄を銜(くわ)えて蠢(うごめ)くのを感じる。松倉と繋がっているという事実だけで、望は歓喜に震える。

——どうしよう、気持ちいい。

「ぁ…あっ…ん…」

「君の可愛らしい顔が見たい」

「ま、松倉さんっ……いやっ」

頬を染めながら、望は声を張り上げる。すると無意識に下腹部に力が入り、まだ硬い松倉の分身を食い締めた。

顔を隠そうとする手を掴まれ、快楽に蕩けた表情も体も全て晒すことになり、望の体は羞恥で更に過敏になった。

首筋や鎖骨、手首にも松倉の舌が這(は)いその感覚に望はただ身悶える。

「松倉さん……ひっ…ああっやっ」

根元まで埋められた雄が、緩やかな律動を始める。ほんの僅かな動きにも、発情した体は敏感に反応してしまう。

「んっく…ぅ…あ……」

「もう少し、脚を開けるか？」

「それ以上、だめ……です……」

「どうして？」

「お腹の中が、気持ちよくて溶ける……」

特に臍の近くを擦られると、ぞくぞくとして痺れが止まらない。

なのに上り詰める寸前になると、松倉が動きを緩やかな物に変えてしまい、決定的な刺激がもらえない。

疼きばかりが蓄積して、望の理性は快楽に陥落した。

「とめ、ないで」

「君を奥まで、愛するよ望」

返事の代わりに、望は松倉の背にしがみつく。奥を小突かれる度に、頭がじんと痺れてあられもない声が口から零れた。

「あ、いい……の……それ、すき……」

「望は体中が敏感だね」

指を舐められただけで、腰がびくりと跳ねてしまう。体中の全てが、快楽に捕らわれてい

た。

——初めて、なのに……。

恥ずかしいのに、気持ちよくてたまらない。こんなに淫らな自分を松倉が嫌ってしまわないかという不安と、それを凌駕する快感が望の頭を混乱させた。

「あ……あっ」

「もっと君の声が聞きたい」

淫らな囁きに、望は訳も分からずこくこくと頷くことしかできない。

「ぁ……ひっ、う……おく、もっと……」

太い雄を根元まで銜え込み歓喜に震える後孔を、松倉がゆったりとした動きで隅々まで愛してくれる。

立ち上がった自身も松倉の下腹部に擦られて、鈴口からは透明な蜜があふれ出している。ぐちゅぐちゅとした湿った音にも煽られ、望は次第に自らも腰を揺らし始めた。

——こんな……これ以上されたら、僕……。

「とけ……そ……」

「私も溶けてしまいそうだよ。望」

余裕の感じられない声に松倉を見れば、雄の欲を隠しもしない彼の視線に捕らわれる。

「望が可愛いから、抑えられそうにない」

拙(つたな)く動く腰を摑まれ、奥を抉るように突き上げられた。

けれどもう痛みは感じない。甘いだけの快感が腰から背筋を走り抜け、望は強い刺激を強請(ねだ)って腰を上げた。

「っ……ひ……」

「大分、馴染(なじ)んだかな？」

赤い単衣を乱して喘(あえ)ぎ、本当の陰間のように感じ入っている自分を望は恥じる。だが、理性で止められる段階はとうに過ぎていた。

――松倉さんの……奥まで、きてる。

「望……私のものにするよ」

「……はい」

初めて知る快感に翻弄(ほんろう)される体を抱きしめ、松倉が口づける。激しい律動に耐えきれず、望は射精した。

自然と肉筒が窄(すぼ)まった瞬間、最奥(さいおう)に到達していた先端から勢いよく精が迸る。けれど松倉はすぐには抜かず、敏感な肉襞(にくひだ)を擦りながら全ての精を奥へと流し込む。

「ああっ……っ、ん」

「愛してるよ、望」

しがみついて、子供のように啜(すす)り泣くことしかできない望に松倉が何度も口づけてくれる。

――僕……松倉さんが、すき……。

この想いを伝えたいけれど、言えば優しい松倉の負担になるのは分かっている。身分違いの恋だと、自戒しなくてはならないのは自分の方なのだ。

こんなにも愛してくれる人に、迷惑はかけられない。

「まつ、くら……さん」

掠(かす)れる声で呼びかけると思いがけず強く抱き締められて、望は力を抜く。愛しく想う相手と肌を重ねることが、こんなにも幸せな事だと望は初めて知った。

――ずっと、このままでいられたらいいのに。

逞(たくま)しい松倉の腕に抱かれていると、ふわふわとした心地よい眠気が押し寄せてくる。そのまま望は、甘い微睡(まどろ)みに身を委(ゆだ)ねた。

抱かれた日から、身も心も松倉との距離が近づいた感じがしていた。だが望は、そんな甘やかな感情が胸にこみあげる度、必死に押し殺す。

――肌を重ねたからって、僕と松倉さんの立場が変わった訳じゃない。

日に何度も、そう自戒の言葉を心の中で繰り返す。これは甘い夢で、いずれ松倉は相応しい女性と結婚するだろう。彼の優しさに甘えてしまうのは簡単だけれど、別れの時は必ず来るのだ。その時に、松倉を困らせるような真似だけはしたくない。

それは望にとって辛いことだけれど、仕方がないと諦めてもいる。遊び回っている芳秀でさえ、あと数年もすれば店の格にあった女性と結婚するのだから、今くらいは自由にしていたいと笑いながら話す程だ。

——松倉さんは大店の跡取りじゃないけれど、あれだけの店を構えられる人なんだから。お見合いの一つや二つあって当然だよね。

最近は自由恋愛を謳う風潮もあるけれど、それはごく一部の人々にすぎない。それに自由と言っても、ある程度身分や家風が同等であることは求められる。

自分のように親に見捨てられ、奉公人として生きていくしか道のない者は想い人と添い遂げることも難しい。

「望？」

「あ、はい。ごちそうさまでした」

味覚の方は、一進一退といったところだ。

甘味に加えて酸味も分かるようになってきていたが、同じメニューを出されても分からない日もある。それでも、以前よりは大分改善してきているのは確かだった。

「今日は、トマトの酸味が分かりました……なんとなく、ですけど」

「無理をしなくていいんだよ。長丁場は覚悟しているから、ゆっくり治していこう」

「迷惑じゃありませんか?」

「まさか。恋人が心から私の料理を味わってくれる日を待つのも、楽しいものだよ」

口の端についたトマトソースを松倉の指が拭い、口へと運ぶ。ごく自然にそんな事をするので、止める間もない。

「今夜は、泊まっていけるかい。早番なら、無理強いはしないよ」

不意打ちで問われ、望は暫く意味を理解しかねたが、男の欲を隠しもしない松倉の視線に捕らわれて真っ赤になる。

あの日以来、望は夕食が終わると翌日の予定を必ず松倉に問われるようになっていた。そして問題がないと判断されれば、松倉は望に泊まっていくように言い、その夜は必ず抱いてくれる。

勿論、手代の身で外泊など理由もなく許される筈はないのだが、その辺りは芳秀が上手く取り繕ってくれている。尤も、『味覚障害を治す一環と、得意先の開拓』という名目があるので、望の特別扱いに文句を言い出す者などいない。

むしろ気難しい松倉からの注文を引き受けている望に、御用聞きを専門に任されている丁稚達などは感謝している程だ。

「平気、です。けど。あ、あの。本当に、ご迷惑じゃ……」

「私は君しか欲しくないと、何度も言っているだろう」

翌日の仕事に支障が出ないよう、数日おきに抱かれているが確実に望の体は変化していた。

彼から与えられる愛撫は濃厚で、自慰すら知らなかった望の肌は瞬く間に淫らな肢体に変わった。

けれど心はその変化に追いついていけず、望は心と体の差に戸惑うばかりなのだ。

脚を開き松倉を受け入れながら、口では拒絶の言葉を告げる自分を松倉は面倒と思っていないだろうか。

そんな不安が、いつも望の胸を過ぎる。

「その、つまらなくないですか？　僕、ぜんぜん慣れなくて……今でも終わって、すぐに寝ちゃうし」

茶屋で抱かれた夜は雄を受け入れたまま半ば失神するように寝入ってしまったのだと、起きてから松倉に教えられて、いたたまれない気持ちになったのを思い出す。

「あの時は、君を抱き壊してしまったのかと慌てたよ。今でも時々、加減ができない」

「ごめんなさい」

「いや、無理強いをしている私が悪いんだ」

もし色事に手慣れていたなら、もっと彼を楽しませる事もできたはずだ。それに後始末も自分でできるだろう。

迷惑ばかりかけている自分が悪いのに、松倉は一切望を責めようとはしない。甘えていると、自覚はある。

けれど望には、何をどうすれば改善できるのかが分からないのだ。

松倉に聞いても『全てを私に任せていればいい』としか言われず、褥（しとね）ではただひたすらに甘やかされるだけ。

「望、ここは私が片付けておくから君は風呂にはいっておいで」

「でも」

「それとも、一緒に入るかい？」

恥ずかしすぎる提案に、望は首を横に振ると浴槽のある本邸に駆けていく。前の主人が日本の風呂を気に入ったらしく、本格的な檜（ひのき）風呂があるのだ。

——僕は何をしたら、恩返しができるだろう。

大河屋にも松倉にも、返しきれないほどの恩を受けている。働けるだけ働いて、自分にできる全てを恩返しに使おうと望は改めて心に決めた。

そんな日常は、予想もしない形で崩れ去る。

仕事が終わって松倉の店に行くと、閉店時間を過ぎているのに『クレエ』の店内に人影が見えた。客が居ても居なくても勝手口から入るようにしているので、見とがめられることはない。

――あ、高寺様だ。

直接顔を合わせたのは、望が一人で『クレエ』に出向いた日だけだ。

恐らく向こうは、望が夕食を食べに来ていることなど知りもしないだろう。望も二人の会話を邪魔しないように、そっと勝手口から厨房に入り、隅に置いてある椅子に座って大人しく待つことにした。

――急用なのかな？　なんだか、変な雰囲気だけど。

望が松倉の元で厄介になっていた頃、高寺が訪れるのは決まって昼過ぎだった。お客の居ない時間は、本邸の掃除や庭木の手入れをしていたので、松倉と高寺が何を話しているのか望は知らない。

ただ高寺が食事をしたり長居をすることもないから、なんとなく気にはなっている。恋人ではないと松倉は否定していたが、高寺の向ける眼差しにはあからさまに誘いをかける艶が含まれていて、のぞき見る度に胸が苦しくなってしまう。

そんなこともあって、何をされたわけでもないのに望は高寺が苦手だった。

「……いい加減にしろ！」

店の方から聞こえた松倉の声に、望はびくりと肩を震わせた。

挨拶(あいさつ)もせず入ってしまった自分が怒られたのかと思い、恐る恐る扉の隙間から店内をうかがう。

「――だからこうして謝罪しているじゃないか。君はもっと、上を目指せる人間だ」

これまでなら話を聞かないように店の外に出ていたのだけれど、二人の只ならない雰囲気に動けなくなった。

松倉は椅子から立ち上がり、今にも高寺に掴み掛かりそうな雰囲気だ。しかし高寺は、そんな松倉を前にしても平然と椅子にもたれている。

「ひとの店を潰しておいて、どの口が言う」

「まだ僕がやったと勘違いしているのかい？　確かに僕が君を誘ったのと、君の店が柄の悪い連中に目を付けられた時期が重なったのは不運だったと思う。けれど僕のせいにされてもねえ……」

「高寺、貴様」

「証拠はあるの？　あの時も、僕に相談したよね。柄の悪い連中が、店員を脅してるって。でも君には何も危害はなかったし、店員達が辞めていったのは彼らの勝手な都合だろう？僕にはなにもできなかったのは、理解してくれたよね」

人ごとのように話す高寺の顔は、怜悧(れいり)な刃物のように見える。八沢とは違う恐怖を覚えるが、望は目をそらすことができない。

「お前みたいに汚い手を使う人間と、仕事をするつもりはない」

「そんなに思い込みで怒らないでよ」

薄笑いを浮かべる高寺に対して、松倉も一歩も引かない。自分なら、あんな感情のない笑みを見せられたら恐ろしくて震え上がるだろうと思う。

「僕の誘いを二度も断ったのは、君が初めてなんだ。なんとしてでも、手に入れるよ」

「脅しても無駄だ」

「なにも君を傷つけなくても、考えを変える方法なんていくらでもある。たとえば、大河屋の御用聞き。とかね」

高寺の言葉に、望は背筋に冷たいものが伝い落ちるのを感じた。

——どうして僕のこと、知って……。

「しかし、あんなのと付き合いがあるのはよくないな。『クレエ』と『大河屋』の評判が落ちるのも、時間の問題だろうね」

「あんなの、とはどういう意味だ。根拠のない中傷は止めろ」

「僕は真実しか話していない」

高寺の笑みが深くなる。望の存在に気付いていないはずだが、まるで全てを見透かされているような嫌な気持ちになった。

「君が囲っている望という少年は、味が分からないそうじゃないか。八沢というお喋りな男が教えてくれたよ」

「やはりあの暴漢は、お前が仕向けたのか」

「『クレエ』の評判を聞きたくてね、ちょっと声をかけさせてもらっただけだよ」

あれを『声をかけただけ』と、あっさり言えてしまう高寺の神経が分からない。

望の受けた被害は暴行として受理されているし、医者も暴漢に襲われたと証言をしてくれている。しかしそれを指摘したところで、高寺は恐らく動揺すらしないだろうと分かる。

「望君と八沢の間にそんな関わりがあったのは、本当に偶然さ。けれどこの偶然はとても利用価値がある」

「なにをするつもりだ」

「別になにも。ただ彼には相応しい場所があると、気付かせてあげないとね」

「望に近づくな！　さっさと出て行け！」

テーブルを叩き、松倉が唸るように怒鳴った。

こんなふうに怒る松倉を目の当たりにするのは初めてで、望はただ呆然と二人の遣り取りを見守る。流石に高寺も青ざめたが、席を立つ気配はない。

「望は男娼として売られる寸前に、母親と逃げたと聞いている。仕込みは大分進んでいたとか……君の知らないところで、我慢できずに男を銜え込んでいたかもね」

──嘘、ちがう！

叫んで飛び出したいけれど、そんなことをすればどうしていままで隠れていたのかと問い詰められてしまう。

それは疑惑を深めてしまう行為に等しい。

「彼は遊びの一つも知らない、純朴な子だ」

反論する松倉に、高寺が鼻で笑う。

「君の前で大人しくしていたのは、演技じゃないか？　清純そうに振る舞ってお客を虜にするのも、男娼が使う手の一つだ」

「黙れ……」

「純朴そうに見える子ほど、淫乱だよ」

無意識に望は、耳を塞いでいた。松倉と肌を重ねた夜、自分は初めてとは思えないほど乱れたと自覚はある。

松倉の愛撫が優しくて、身も心も彼に委ねようと決め素直に快楽を受け止めたから、結果として感じたのだと思う。

でも松倉がどう捉えたか、望には知る術がない。

口では気遣ってくれたけれど、望の反応を見て経験があると考えたかも知れないのだ。

「君の味方は、僕だけだよ。一樹」

なるべく音を立てないように、望は厨房からでる。そして全てから逃げるように、夜道を駆けだした。

翌日から、望は『クレエ』に行くのを止めた。

当然、芳秀は不審に思ったようだけれど、丁度仕入れの忙しい時期になったので、なんとか誤魔化すことはできている。

しかし仕事が落ち着けばまた、『クレエ』に行かないのかと問われるに違いない。それに松倉も、何の連絡もなしに店を訪れなくなった望に困惑していることだろう。

——でも、どんな顔をして会えばいいのか分からない。

いや高寺から話を聞いて、面倒な望が訪れないことを喜んでいる可能性もある。

帳面を持ったまま、ぼうっと立ち尽くしていた望に最近入った丁稚が声をかけた。

「顔色悪いですよ。このところ、夜中まで働きづめじゃないですか。雑務は俺たちに任せて、戸宮さんは少し休んで下さい」

「大丈夫だよ。この程度でへばってたら、番頭の補佐は務まらないからね」

年下の丁稚に心配されて、望は無理に笑顔を見せる。これでは手代としての示しが付かない。

「ああ、戸宮！　そこの棚はいいから、今日来た乾し椎茸の中身を確認してくれないかな。俺、あれが苦手でさあ」

「分かりました」

奥の土間から同僚の手代に呼ばれ、望は快く答えた。丁稚に帳簿の片付けと棚の整理を指示し、納品された乾物の確認へ向かう。

卸問屋なので対面販売をする間口は狭いが、奥には在庫を置く場が広く取ってある。それでも最近は置き場が狭くなり、港に倉庫を借りているのだ。

前掛けの紐を結び直して、望は気合いを入れる。

――今は仕事に専念しなくちゃ。

松倉のことは気になるけれど、元々立場が違いすぎる関係だったと分かりきっていた。遅かれ早かれ、自分は彼と別れる事になると覚悟していたし、それが少しばかり予想外の形で早まっただけでしかない。

「頑張ろう」

両手で頬を軽く叩き、望は気持ちを切り替える。

これまではひたすら過去に怯え、後ろ向きなことばかり考えていた望を変えてくれたのは松倉だ。気遣いもあっただろうけど、自分の才能を認めてくれただけでなく、「愛してる」と告白までしてくれた。

それは望の心に、とても大きな変化を与えてくれたのである。彼との別れは寂しいけれど、蔑みの目を向けられてまで一緒に居られない。それに自分のような者が『クレエ』に出入りしていると噂を流されでもしたら、被害を被るのは松倉だ。

「おい、陰気くさい店だなあ！」

「早く済ませて、飲みに行きましょうぜ」

思考に沈んでいた望は、入り口から聞こえてきた怒鳴り声を聞き我に返った。

「……ありゃなんだ。うちを『大河屋』って知ってて来たのか？」

「どうしました？」

「たちの悪いチンピラだ。小さい店なんかに因縁付けて小金を取ってく馬鹿な連中だが、うちを狙うとはなあ。戸宮は出なくていいぞ。若いから舐められる」

番頭の源三が面倒そうに頭をかきながら、入り口の方へ歩いて行く。対面販売は殆どしないといっても、全く客が来ないわけではない。

徳治郎のようにわざわざ足を運び、自分の目で品定めする客もそれなりにいる。そんなお客達に不快な思いをさせないよう、上手く『お引き取り願う』のも番頭の役目だ。

「ここが『大河屋』か？　戸宮望ってのが働いてるって聞いたんだけどよ。ちいと出してくれねえかな。八沢が来たって伝えてくれりゃ、すっ飛んでくるはずなんだが」

望の名を出され、店内の空気が一瞬張り詰める。若くして手代の筆頭を務める望は、客の間でも評判なのだ。

だが望は、別の意味で体を強ばらせていた。

――どうして、八沢が……。

会話からして、ちんぴらは三人程だが、彼らを纏めているのはどうも八沢のようだった。

奥からそっと顔を覗かせ入り口の方を見ると、確かに見覚えのある顔が源三と対峙している。

鳥打ち帽の下で獲物を探す蛇のように、ぎらぎらと目が動いている。他の若い男達は無駄に声を張り上げて周囲を威嚇しているが流石に源三は動じていない。

「お客様、何か従業員が失礼でもしましたか？」

「いやぁ、知り合いの旦那がここで品物を買ったんだが、その手配をした戸宮って奴が男娼だって聞いてよ。まさかこんな大店が、男娼雇ってるなんて信じられねえから直接聞きに来たんだよ」

八沢の言葉に、わざとらしく取り巻き達が大声で笑う。

弱い者に嫌がらせをする八沢だが、いくら仲間を連れているとはいえこんな大店へ来る度胸などないはずだ。

――もしかして、高寺さんが僕の勤め先を教えた？

望が関わる事で、『クレエ』や『大河屋』に迷惑がかかると、彼は意味深に話していた。それはつまり、こういう嫌がらせをするのだと暗に仄めかしたのだ。

そして八沢も、高寺がバックについてるから強気に出ている。

「そういったお話は、知りませんな」

「嘘言うなよ、番頭さん。これは店にとっても大切な事だと思うぜ、俺たちは忠告しに来たんだ」

にやにやと下卑た笑みを浮かべながら、八沢が店内に視線を走らせている。見つかれば、ここぞとばかりに望の過去を暴露し連れ出すつもりなのだと知れた。

「男娼なんか雇ってると、店の評判が落ちるんじゃないのか。まさかとは思うが、色仕掛けで客を捕まえたりしてないよなあ」

「店の給金じゃ足りなくて、陰間の真似事をしてるって聞いたぜ」

「違うって。男娼の仕込み中に、逃げ出して、いまさらそっちの方が稼げるからって、客取りしてんだろ？」

もしもこの間、松倉と逢い引き茶屋に入ったのを見られていたら言い訳のしようもない。

初めは柄の悪い者達が因縁を付けに来ただけだと思っていた同僚達も、具体的な内容に興味を持ったのか自然と視線が八沢に集まる。

更に間の悪いことに、この場へ来て欲しくない人物が暖簾をくぐって入って来た。

「望君はいるかね」

「なんだ爺さん。あんたもあの男娼崩れに、騙されたクチか？」

若い男が絡むが、徳治郎は顔色一つ変えず手にした杖で男の脛を叩く。

「この爺っ」

「口のきき方がなっとらんな。それと、お前達は買い物の邪魔じゃ。さっさと出て行け」

老人とは思えない落ち着いた物言いと迫力に押され、八沢達がたじろいだ。

しかし望を連れ出してこいと命じられたのか、徳治郎を無視して店の中を勝手に探り始めた。

「とにかく、あいつが居りゃそれでいいんだ。どうせ男娼崩れなんだから、多少乱暴にしたって構やしねえ。見つけ次第連れ出せ……っ」

「いい加減にしていただけませんかね」

品物の入った箱までひっくりかえそうとした八沢を、源三が取り押さえて腕を捻る。それを合図に他の手代や番頭達も、とりまきのチンピラを押さえにかかった。

「この店は、客に暴力を振るうのか？　警察に言って取り締まらせるぞ」

「あんたは、お客じゃない。ただ言いがかりを付けに来たヤクザものだ」

一触即発の状況に、望はどうするべきか考える。

本当は逃げ出したいけれど、自分が八沢に捕まることで『大河屋』への嫌がらせが止められるならそれが一番良いのではないか。

覚悟を決めて棚の陰から踏み出そうとした瞬間、大きく温かな手が望の手をしっかりと握って引き留めた。

「大旦那様……」

「望、裏口から出なさい。芳秀が車を用意して待ってる」

「……あ、あの……」

「こんな世渡り下手なお前が、体で客引きなんぞ器用な真似ができる訳がなかろう。徳さんも店の者達も分かっているから、安心しなさい。大河屋の皆は、お前の味方だ」

その言葉に、涙が零れる。大抵大店ともなれば、出世争いで殺伐としていると噂には聞いている。

だが大河屋は、大らかな大旦那が皆を上手く纏め、結束させていた。

単純に母は僅かに面識のあった大河屋を頼っただけだろうけれど、結果として望は身に余る程の良い店に奉公する事ができたと実感する。

「ありがとうございます」

「なにかあれば、芳秀に遠慮なく言いなさい。お前には将来、芳秀を支える柱になってもらうんだからね」

芳秀もそうだが、善蔵（ぜんぞう）も望をまるで我が子のように扱ってくれる。

どちらにしろ、いまここに居ては迷惑をかけるだけなので、望は言われた通り裏口から外へ出た。

後部座席には芳秀が座っていて、望が乗り込むと運転手に何事かを告げる。

「変な連中が来てるって、丁稚が知らせてきてさ、親父と急いで来たんだ。一体……おい望、顔が真っ青だぞ」

「すみません……ご迷惑を、おかけして……」

「いいから黙ってろ。とりあえず、俺の家に行く。文句言うなよ」

けれど、既に望は八沢が大河屋に現れたショックでとても話ができる状態ではなくなっていた。

大河屋から少し離れた住宅街にある、一戸建ての簡素な屋敷に車が乗り入れる。芳秀の説明によると、ここは彼の買った『隠れ家』だと言う。

結局、望は仕事ができる状態ではなくなってしまい芳秀の所有している家で療養することになった。

望が『クレエ』に顔を出さなくなって、四日が過ぎている。繁忙期なのは知っていたので、無理に呼び出しては迷惑がかかると考え、あえて『大河屋』に出向かなかったのも、失敗だった。

今朝、芳秀が『クレエ』に乗り込んで来て怒鳴らなければ、松倉はもう三日は様子を見ていただろう。

路地の手前で車を降りた松倉は、運転手に暫く待つように言いつけ住宅街へと入ってく。車は『八沢に尾行されないように』と、芳秀が貸してくれたものだ。

――高寺が雇っている限りは、その心配はないが。

どれだけ時間がかかっても、狙った相手が根負けするまでいたぶるように嫌がらせを続けるのが、高寺のやり方だ。なので先日『大河屋』に直接因縁を付けに行ったケースは、珍しいのだ。

彼のパトロンには警察の関係者もいるようだが、事件をもみ消すほどの力はないらしい。いや、高寺本人が相手の絶望していく様を見るのが趣味と言っても、過言ではないだろう。とはいえ、今回の事は悔やんでも悔やみきれない。どうしてもっと早く行動しなかったのかと、松倉は自身を責め続けていた。

――恋人と自負しておきながら、望君を守れなかったなんて最低だな。

なにかあれば、望が頼ってくれると考えていたのは、自分の傲慢な考えに過ぎない。彼の過剰なまでに自身を卑下する言動を顧みれば、絶対に頼るなどできないのだ。今回の事も、自分が犠牲になれば丸く収まると思っているはずだ。

何度か訪れたことのある常緑樹の小道を通り抜け、人がすれ違うのもやっとな小道に入る。地面は煉瓦で整えられているから、夜でも歩きにくくはない。隠れ家としては上等すぎるが、大店の跡取りが持つ物件としては普通なのだろう。

ポケットの中には芳秀から預かった合い鍵がある。しかし松倉は、望が自らの意志で扉を開けるまで待とうと決めていた。

――こじ開けてしまうのは簡単だが、それでは意味がない。

結果はどうなるか分からないけれど、どう転んでもいいように対処は考えてある。松倉は西洋風に装飾された鉄の門を開け、庭へと入る。こぢんまりとした洋館はしんと静まりかえっており、灯りもついていない。

けれど玄関の横にある小窓の奥で、人影が動いたのは確かに見えた。

「望、いるんだろう。松倉だ、話がしたい」

「……会えません」

ドアに向かって呼びかけると、返ってきたのは絞り出すような苦しげな声。

「僕がクレエに行けば、今度は松倉さんのところに八沢が来ます……あの男が大河屋で何をしたか、芳秀兄さんから聞いているでしょう？」

大河屋での出来事は、芳秀から全て聞いていた。

しかしあれだけ勇気を振り絞って、虐待の告白をしてくれた望が嘘をついたとは思えない。もしも本当に、陰間としての仕込みを受けていたなら、真面目な望はそれすらも松倉に伝えた筈だ。

「君に非がないのは、分かっている。どうかドアを開けてくれないか、顔を見て話がしたい」

強引に引きずり出しても、望の心を開けなければ意味がない。なのにドアの向こうから聞こえてくるのは、頑なな拒絶だ。

「……顔、みたら……僕は、松倉さんに甘えてしまうから……できません」

「私はそれで構わない」

「駄目です。これ以上、大切な人に迷惑はかけたくないんです」

こんなにも追い詰められた状況でも、他人の事を優先する望に歯がゆくなる。しかしその真(ま)っ直(す)ぐすぎる望の性格に惹(ひ)かれたのも事実だ。

望の自虐癖は悪いものだが、間違っていると断じれば彼の全てを否定する事に繋がってしまう。松倉は無理にでも扉を開けたい気持ちを必死に抑え、できるだけ冷静に言葉を選ぶ。

「一つ、頼み事を聞いてくれたら帰ろう」

「……なんですか?」

「手を見せて欲しい。指先だけでもいい」

僅かな動揺が、ドア越しにも伝わってきた。あえて意図を隠す事で望の興味を引くことには、成功したらしい。

かちゃりと乾いた音を立てて鍵が外され、少しの隙間から望の指が覗く。

「触るだけだからね」

摑んで連れ出すつもりはないのだと言外に伝え、白く細い指に触れる。職業柄、松倉ほどではないものの、望の手はかさついている。そのうえ、栄養が足りていないので夜目にも白く白魚のように細い。

「芳秀の店を支えて、私の料理の下ごしらえをしてくれた大切な手だ。いや、手だけじゃない。知識も、君の謙虚な性格も、君の全ては、何よりも貴重だ」

味で判断できない分を、望は手で商品に触れた感覚と経験で補っている。知識量だって、物によっては、番頭以上だと芳秀は言っていた。

それを改めて指摘する事で、松倉は望に自信を持たせようとしたのだ。

震える指先にそっとキスを落として続ける。

「手だけじゃない。君の仕事に向き合う真面目な態度も、考え方も皆必要としている」

「松倉さん……」

「君が私の店に来なくなって、酷く落ち込んだよ。あんな事をしてしまったから、嫌われたかとも思った。でも、諦めようとは考えなかったよ。往生際がわるいだろう？」

「あ、えっ……その」

触れる指先の体温が上がり、ドア越しに聞こえる声がいくらか明るくなる。

松倉は抱えていた風呂敷を、望に持たせる。

「君が選んでくれたドライフルーツで作ったパウンドケーキだ。食感は堅めで、フルーツにはかなり強く砂糖を加えてある。よければ『クレエ』に来て、感想をきかせてほしい」

「だって、僕……味……また分からなくなって……」

数日前、八沢が大河屋に来たショックからか、望は再び味覚を失ってしまったと望がぽつりぽつりと話す。症状は以前よりも酷く、体調が悪いと白湯でさえ苦いと感じる時もあるほどらしい。

震える声が痛々しく、松倉は愛しい者を守れなかった己をふがいなく思い唇を噛む。

「君を困らせることばかりで、私は酷い人間だ」

「……そんなこと、ない……です」

泣きそうになっている声に、松倉は自戒も忘れてドアを強引に開けてしまいそうになる。

もしも今、感情のまま二人を隔てている扉をこじ開けて愛しい彼を抱きしめても、きっと望は抵抗しない。

それどころか、体を差し出せば『松倉は満足する』という考えに至る可能性が高い。いや、確実にそういった結論を出して、望が行動するのは目に見えている。

だがそれは、松倉の本意ではないのだ。

謙虚は美点だが、過ぎればそれは卑屈で自身の過小評価に繋がる。育ってきた環境のせいか、松倉は望の性格的にその傾向が強いと理解しているつもりだ。望の持つ謙虚な性格を尊重しながら、望自身にいかに素晴らしい素質があるか認めさせたい。

「もっと自信を持つんだ。君が過去なんて笑い飛ばせるまで、私は説得するよ。だから思い詰めたらいけない」

名残惜しかったが、長居をしても望の心に負担をかけるだけと判断して松倉は立ち去った。


小さくなっていく革靴の音を聞いていた望は、その場へ崩れるようにして座り込む。

――嬉しい。

尊敬する人に、認めてもらえた。

それだけでもう、一生分の幸福を得られたと望は思う。

けれど自分が松倉の側にいるかぎり、彼や大河屋への嫌がらせは終わらない。

――これ以上僕がいたら、迷惑をかけるだけだ。

大切で、愛しているからこそ、側には居られないのだ。

優しい松倉は、自分の境遇を知っても受け入れてくれたし、これからも庇ってくれるだろう。

だがそれでは、松倉の将来を潰すことになる。

高寺は酷い人間だと思う。けれどきれい事だけで物事が上手く運ばないことも、望は知っていた。

これまで優しい人たちに囲まれていたから忘れかけていたけれど、大河屋へ奉公するまでの間、望は日々生きるのに必死な人々の中にいたのだ。

せめて自分の存在が松倉にとって無害ならまだしも、母に捨てられ養父に売られる算段まででされていたという過去は、足かせでしかない。不幸な境遇は、同情を得られるがそれ以上に好奇の目も向けられる。

望は一晩考えた末、翌日に大河屋へ戻り大旦那に目通りを願い出た。

久しぶりに姿を見せた望を善蔵は叱ることもなく、何かを察して奥の客室へと招き入れてくれる。

「お前はそれでいいのかい？」

「……はい」

店を辞めたいと切り出した望に、善蔵は思いとどまるよう説得した。けれど、決意が揺らぐことはなかった。

「申し訳ありません、恩を仇(あだ)で返すような真似をしてしまいまして」

「いいや、お前は何も悪くないのに気を遣わせてしまってすまん」

長年勤めている者はともかく、新参の丁稚などは八沢の言葉に動揺しているらしい。善蔵や芳秀が根も葉もない嫌がらせと断じてくれているが、それでも噂は広がっている。

「暫くすれば、皆新しい話で下らない噂など忘れるだろう。しかし、それまで望に隠れていろと言うのも酷か」

「いいえ、僕はすぐにでも出て行くつもりです。これ以上、大旦那様にご迷惑はかけられません」

「しかしな。番頭候補に名の上がっとるお前を、わしは手放したくない。あの芳秀を押さえられるのも、望しかおらん。奥も頼っておる」

両手を握られ頭を下げる善蔵に、なんとも言えない気持ちになる。望の能力を認めてくれているのは嬉しいが、同時に芳秀の手綱を握る係としていつの間にか認定されていたのだ。

――有り難いお言葉だけれど……。

そこまで善蔵の信頼を得られたことは、奉公人として誇れる事だ。

「若旦那にも大河屋にも、僕にできる限り仕えてきたつもりです。ですが、そこまで仰(おっしゃ)って頂けるほど、役には立っていません」

しかし芳秀の押さえ役に自分が適しているなど信じられない望は、困惑気味に首を横に振る。

結局、望は善蔵と話し合った末、当分は堺にある親戚の店に勉強をするという体裁で赴くことに同意させられた。

堺の支店は、善蔵の弟が切り盛りしており、年に何回かは顔を出しに来るので望の事も知っている。

ただいきなり行かせては先方も準備があるだろうと言うことで、当分はこれまで通り芳秀の別宅で過ごすように命じられた。

これまで世話になった主人の言葉に逆らうことなどできないので、望は頷くほかなかった。

「一人で帰れるか？」

「はい」

まだ明るいし、人通りも多いから八沢が接触してくる事はないだろう。芳秀が送ると申し出てくれたのだが、申し訳ないので断り望は一人で帰路につく。

馬車の行き交う大通りを抜け、住宅の並ぶ一画へ足を踏み入れる。

するとまるで待ち構えていたように、予想もしていなかった人物が現れた。

「やあ、戸宮君だね。私は、高寺隼人。一樹の恋人だよ。以前、お店で会ったよね」

わざとらしい言い回しだが、整いすぎた容姿と所作に目を奪われ望は無言で頷く。そしてはっとして周囲を見回すが、八沢らしき人影がないのを確認して息を吐く。

「その様子だと、八沢との関係は本当みたいだね。彼は嘘ばかりだから、話半分で聞いていたんだけれど……これなら使えそうだ」

あえて望の不安を煽るように、勿体ぶった話し方をする高寺に本能的な恐怖を覚える。彼は八沢のように暴力的な感じはないけれど、かわりに何処までも獲物を追い詰めるは虫類のような印象を覚えた。

「これから僕は用があるから、単刀直入に言う。今僕は松倉と些細な喧嘩をしているんだけれど、そろそろお互い過去を水に流してしまいたいんだ。彼と立ち上げたい事業の話も、具体的にしないとならないし」

望が知る限り、あれは些細な喧嘩などと呼べるものではなかった。けれどそれを指摘すれば、立ち聞きしていた事がばれてしまう。

黙っていると、望が高寺を恋敵として怒っていると勘違いをしたらしい。呆れたように肩をすくめ、高寺が子供を宥めるように肩を叩く。

「残念だけど、君は一樹の恋人にはなれないよ。君の過去は、一樹にも伝えたからね」

知ってはいたが改めて告げられると、一瞬にして望の顔が青ざめた。それを楽しげに眺めつつ、高寺が薄く笑う。

「こんな初心な子に手を出すなんて、一樹も随分と趣味の範囲が広がったみたいだね」

不意に高寺が望の顎(あご)を摑んで、上向かせた。

「一樹にかなり抱かれたね。短期間で、随分艶が出た。これならすぐに、見世(みせ)に出せる。上客を捕まえれば、華族並によい暮らしができるよ」

値踏みするような眼差しは、獲物を前にした蛇のようだ。八沢の恫喝(どうかつ)などより、高寺の向ける視線の方が余程恐ろしいと望は感じる。

「……僕を、攫(さら)って……売るつもりですか？」

「まさか。人さらいなんて野蛮な真似はしないさ、ただ君が望めば待遇のよい見世を紹介すると言っているんだよ」

八沢も似たような脅しをかけてきたが、高寺の言葉はより現実味があり、勢い任せで言っているのではないと分かる。

怯える望に、高寺が冷たい笑みを向ける。

「ああ、僕が君に復讐するとでも勘違いしているのかな？　僕は元恋敵を、酷い見世に売るなんて下らないことはしないよ。折角、お金になるって分かってるのに簡単に壊されたら勿体ないもの」

本当の恋人は自分の方だと、高寺は暗に言っている。

高寺の意図が全く分からず、望は震える唇で疑問を口にした。

「僕に……何を、させたいんですか」

「一樹が僕と事業を興すことに同意するよう説得してくれたら、それなりに謝礼を出すつもりだよ。八沢にも、手を引くように言おう。勿論、お金より一樹の側に居たいなら、その希望を汲んでも良いけれど……」

整った顔が近づき、試すように望の瞳を覗き込む。

「どうせなら徹底して、体を使う気概があれば仲間にいれてあげてもいいいんだけれど。どうする？」

「それは、僕に……松倉さんの為に、酌婦の真似事をしろということですか？」

以前、母が酌婦をしていたので、大体の仕事内容は知っているつもりだ。居酒屋や安い座敷で男達に酒を注いで回り、時には体を触られたりもすると愚痴を言っていたのを思い出す。

見知らぬ男に触れられるなんて、考えただけで鳥肌が立つ。

しかし高寺は、そんな望の言葉を鼻で笑った。

「酌婦？　そんな生ぬるい事で、役に立てる訳がないじゃないか。君にしてもらうのは、陰間として脚を開くことさ。安心して、すぐ使えるように仕込みは手配してあげる。大切な商品を傷つけるつもりはないからね」

「かげ……ま……」

さらりと告げられた恐ろしい未来に、望は真っ青になって立ち尽くす。

「一樹もきっと喜ぶ。財界の好き者をたらしこめば、簡単に大金が転がり込むからね。君も気持ちいいことをしてお金を稼げるし、一樹にも貢献できるんだからいい話だろう？」

とても合理的だと言わんばかりの態度に、望は戸惑いを隠せない。恐らくこの男は、そういった世界に身を置いてここまでのし上がってきたのだろうと、初心な望も察することができた。

「ちゃんと稼げば、時々は一樹に会わせてあげてもいい。ただし、陰間としてね」

――なにも持たない僕が、松倉さんの手伝いをするには高寺さんの言うとおりにするのが正しいのかもしれない。

けれどすぐ、望は恐ろしい提案を振り払うように首を横に振る。

「……そんな……僕にはできません……」

弱々しいが、初めて望は明らかに立場が上の者に対して拒絶の言葉を発した。それは望にとって、とてつもなく勇気がいることで、膝ががくがくと震えてしまう。

――松倉さんは、僕を自分だけのものにしたいと言ってくれた。

たとえそれが褥での甘言でも、望にとっては大切な約束であることに変わりはない。もしも高寺の提案に頷けば、それは松倉との約束を裏切ることになる。

――絶対に、嫌だ。

それに他の男に汚れた姿を、松倉に見られたくない。望は精一杯の勇気を振り絞って高寺を睨み、顎を摑んでいた手を振り払った。

「嫌です」

「じゃ、交渉決裂だね。君は大人しく、一樹から離れてくれ」

あっさり踵(きびす)を返す高寺を、望は慌てて呼び止める。

「……待って下さい。松倉さんの説得はします。だから、大河屋への嫌がらせは止めて下さい。それと……できれば松倉さんが自由に仕事ができるように配慮も……」

「随分と都合の良い提案だけれど、まあいいか。二度と君が、一樹の前に現れないことと、三日以内に彼を説得できれば条件は飲んであげよう。勿論、今日の事は誰にも話してはいけないよ」

口の端を上げて微笑む高寺の目は、冷たく望を見据えている。皆まで言われずとも、誰かに相談などすればこの男は酷い仕打ちをするに違いない。それも、望だけではなく大河屋や松倉を巻き込んだ事を、平然とやってのけるだろうと想像する。

――僕が我慢すれば。全部収まるんだ。

今にも泣き出しそうな望を、高寺が楽しげに見つめる。絶対に逆らえないと知っているのに、彼は徹底的に望をいたぶり楽しんでる。

反論などとても許されない立場の望は、ただ両手を握りしめて俯くことしかできずにいた。

久しぶりに『クレエ』を訪れた望の顔は、憔悴しきっていた。

いや、怯えていると形容できるほどに顔色は悪く、厨房の入り口に佇み動こうとしない。

「そんな所にいないで、中に入って。丁度、ザクロを絞っていた所なんだ。よかったら飲んでくれないかな」

そう松倉が促しても、思い詰めた表情で望は立ち尽くし肩を震わせる。

「望？」

「本当は……僕、ここにいたらいけないんです。松倉様に、ご迷惑……かけるから……だから……」

しゃくりあげる声を聞き、松倉は構わず望の手を取ると店の中へと強引に引き入れた。出会った当初から望は自身を卑下する傾向にあると分かっていたが、今までとは明らかに様子が違っている。

——頼ってくれると思っていたが……。

自分と恋仲になり、少しは改善したと勝手に思い込んでいたと松倉は反省する。

「どうにも私は、身勝手だ。先日、君にケーキを届けて自己満足に浸っていた」

「松倉様？」

「せめて『さん』付けにしてくれと前にも言っただろう。どうして急に……」

けれど望は首を横に振るばかりで、明確な答えを返さない。

「私は君を変えることができたと勝手に思い込んで、優越感に浸っていたようだね。君に対して、とても失礼な事をしていたよ」

抱きしめると、着物越しにも細い体が、更に華奢になったと分かる。食事を取っていないのは、明白だった。

「……すみま、せん……ごめんなさい、離して下さい。こんな所を、誰かに見られたら松倉さんが……」

『クレエ』は既に閉店しているし、店は庭の奥にあるので通りから覗き込むことは不可能だ。知っている筈なのに、望は怯えている。

腕の中から逃げ出そうと、望が懸命に藻掻く。なにが彼をここまで怯えさせているのか、松倉には理由が分からない。

「どうしてそんな事を考えるようになったのか、説明してくれないか？　私は君と、想いを通わせることができたと思っていたんだが、それすらも思い込みだったのか？」

「違います！　僕が側に居たら迷惑になるから、もう関わっては駄目です。今日はそのお別れを言いに来たんです……」

堪えきれずしゃくり上げる望の背を撫でて、言葉を促す。

「大河屋や松倉さんのためにも、高寺様との過去は水に流してより大きな店を構えた方が……」

「なぜ高寺の事を知ってるんだ？」

「……以前、高寺様がお店に来たときに二人の会話を立ち聞きしてしまったんです。松倉さんから、僕が陰間として仕込みをされていたと、聞いたんですよね」

「確かに、高寺はそう言っていたが」

「僕、本当に……最後までしたのは、松倉さんが初めてなんです。信じてもらえないでしょうけど……陰間の仕込みなんて、されてません」

それだけは信じて欲しいのだと必死に訴える望を松倉は強く抱きしめる。色事に疎いだけでなく、いまだ恐怖心を消し切れていない望がどれだけの覚悟を持って過去を話してくれたか、松倉は理解しているつもりだ。

「望、私は……」

「口淫を強制されていた事は、以前お話ししたとおり事実です。でも……初めて肌を合わせた夜、松倉様を受け入れて淫らがましく上り詰めた姿を晒してしまって。言い訳にしか、聞こえませんよね」

これで違うのだと言っても、真実みはないと思っているのだろう。望の葛藤が手に取るように分かってしまい、松倉は自嘲気味にため息をつく。

――遊び回っていた過去が、こんな時に役立つというのも皮肉だが……。

「君が初めてだというのは、分かっていたよ。散々花街に出入りしていたお陰で、演技かそうでないかくらいの区別はつく」

そういうものなのかと不安げな様子で、望が恐る恐る顔を上げた。

「……初めてで、あんなふうになって。呆れませんでしたか？」

「呆れるなんて、あり得ないさ。無垢な君を乱すことができたんだ。嬉しかったよ」

真っ赤になる望が可愛くて、怯えさせないように額へ口づける。

「これから私は、もっと君に恥ずかしい事をして乱してしまうよ。それでも側にいてくれるかい？」

囁きかけると、望が俯いたまま呟く。

「僕が側にいて、邪魔になりませんか？」

「恋人を邪魔だなんて思いはしないよ。むしろ、君がいないと私は辛い」

「でも」

「君が言いたいことは、大体わかる。けれども離さないよ」

腕の中の華奢な体が、小刻みに震えている。別れを決意して来たものの、それを覆されて望も混乱しているのだろう。けれどこれ以上、松倉は望の心を卑屈にしたくなくて言葉を紡ぐ。

「君でなければ、駄目なんだ」

ふ、と望が肩の力を抜き、崩れるように縋り付く。相当緊張していたらしく、体が小刻みに震えていた。

――こんなにも、追い込んでしまっていたとは。もっと早く、気づいていれば良かった。

やはり、短期間でも望を一人にするべきでなかったと悔やむ。

「松倉さん……こんな僕でよければ、身も心も松倉さんに捧げます」

何故か望は一度口を噤（つぐ）み、逡巡（しゅんじゅん）してから口を開く。

「ただ、高寺様の言うように、松倉さんの為に体を売ることはしたくありません……だからあまり役には立てないけれどそれでも……宜（よろ）しいですか？」

「あの男に、何を言われたんだ？　正直に答えてくれ、望」

「え……ですから、新しいお店の資金繰りに体を売るのが、恋人の勤めだと教えられました」

どうせろくでもない事だろうと思ったが、望の口から告げられた内容に松倉は絶句する。

この純朴すぎる少年に、高寺は屈辱的な条件を提示したのだ。

恐らく、望がその条件を受け入れても拒否をしても、一番傷つくと分かって提示したのだろう。

「僕は松倉さんの為に、体を売る勇気もないんです」

「それでいいんだ、望」

懸命に自立しようとしている望が、自分の事で陰間に落ちてしまうなど許せるわけがない。

「でもどちらにしろ、次に八沢に見つかったら男娼として売られます。それに店の皆に、僕が過去に受けた行為を知られてしまいました。こんな汚れた僕が御用聞きとして出入りするなんて、『クレエ』の評判に関わります」

――私が表面ばかりを取り繕ったせいで、望が傷ついた。

望からすれば、自分は手の届かない存在という認識らしい。その壁は、愛情でいずれ消し去れると、勝手に思い込んでいた結果がこれだ。望に幻滅されたくなくて、意図的に綺麗な部分のみを見せていた自覚がある。

だから余計、望は自分との距離を作ってしまいそこを高寺につけ込まれた。愛しい相手を守るためには、自分も全てを話す義務があると松倉は腹をくくる。

「望が思っているほど、私はできた人間じゃない。高寺は計算で男を食い物にしてる。今更だが……実は数年前、私は高寺に裏切られたんだ」

この話は、芳秀にさえも核心部は語っていなかった。周囲から見れば、松倉と高寺の関係は単に痴情のもつれで別れたという、何処にでもありそうな事件としか認識されていない。

「私の料理が好きだと言って近づいてきた、高寺の表面しか見ていなかった。彼の持つ心地よい話術と容姿。潤沢な資金や人脈も、魅力だった。今思えばお互いの損得だけで、恋人になったんだよ」

己の抱える汚い心を正直に告げた相手は、望が初めてだ。

「こんな私に幻滅しただろう？」

「いいえ。驚きましたけど……実力だけで成功するのは難しいって、理解はしてます」

告白に、望は驚いたようだが席を立とうとはしない。最後まで話を聞くのだという意志を感じ取って、松倉は腹を括る。

「いつの間にか、私は高寺に本気で惚れ込んでいた。頼る相手もない若造だったから、余計に彼の優しい言葉は胸にしみたんだと今なら分かる。けれど、それも勝手な幻想だったとすぐに気がついた。高寺は私を自身を飾る装飾品の一つとしか見ていなかったんだよ」

松倉に『貴方だけ』と囁きながら、数多くいるパトロンの間を飛び回る高寺の素行は、すぐに知ることとなった。

問い詰めても高寺は、『金を得るために仕方なく体を売っている』と泣きながら訴えていたけれど、それすらも嘘だと気づくのに時間はかからなかった。

「実家の料理屋とは絶縁状態だったから、自分の店を持ちたくて焦っていた。それも見越してつけ込まれていたんだよ。京都の『まつくら』という料亭は、聞いた事はあるかな」

「知ってます！　大阪の支店が、乾物を卸している得意先ですから……えっ！」

「私はそこの次男でね。洋食を学びたいと言ったら、父に勘当されたんだ。今は兄が店を継いで、勘当も解いてもらっている。思えば、高寺と出会った時期が一番実家と揉めていたから、裏で何かしらしていたんだろうね」

花街の大店にも顔が利く高寺が、権力者の愛人を掛け持ちしていると教えてくれたのが芳秀だ。

大阪の支店経由で松倉の実家が連絡を取りたがっていると知り、仲裁を買って出たのが縁になったのだと続ける。

「彼はあの通り、父親に似てお節介焼きだ。結果として、それに助けられたんだけどね」

「芳秀兄さんらしいや」

結局、大河屋の跡取りである芳秀と繋がりができたお陰で、松倉は父と面識のある善蔵の取りなしもあり実家と和解した。それを知った高寺が何故か怒ったことで様々な事が露見したのだ。

「高寺は、自分の思うとおりに事が運ばないと不機嫌になる。私を孤立させて、縋るように仕向けたかったのだろう。けれど私にも、プライドはある。黙って他人を飾る立場になんて甘んじていたくはなかった。だから彼とは別れた」

だが、と松倉は一つ息を吐いて、真っ直ぐに望を見つめた。どんな逆境でも、自分から頼ったり、まして『大河屋の手代』という地位にしがみつくこともなく、生真面目に働き続ける望からしたら、自分はとても汚い存在だろう。

「君の過去だけ聞いて、自分の過去を話さなかったのは、下らないプライドが邪魔をしていたからだ。私も高寺を利用しようとしたし、君の前では完璧である事を装おうとした。聡明な君なら分かったと思うが、これまでの私は虚像だ。それを改めて欲しい」

呆れた望が『クレエ』から出て行く事も覚悟していた。

「ええと……あの、松倉さん」

「なんだい？」

「松倉さんは、悪くないです。だって、ちゃんと自分が良くない理由で高寺さんに近づいたって認めて。それでもちゃんとやり直して、立派にご自分のお店も持てたんだから。虚像なんて、自分を悪く言ったら駄目です。……ごめんなさい、説明が下手で……」

正直、こんな言葉が返ってくるとは考えてもいなかった。

――私は望君を、甘く見ていたようだ。

嫌うか、それとも許してもらえるかの単純な二択だと考えていた。しかし現実は、彼に諭されるという、全く予期していなかった結果。

改めて腕の中の望を抱きしめ、柔らかな髪に顔を埋める。

「君に出会えて、良かった。また人を愛する事ができたんだ」

「あ……あの。どなたを好きになれたんですか」

時々、自分の恋人は予想もしないことを言うと知ってはいた。けれどこんな時でさえ、驚くような事を言ってのけるのかと、松倉は苦笑する。

「君に決まってるじゃないか」

真っ赤になった恋人が俯こうとするのを、松倉は片手で止めて視線を合わせた。すると可愛らしく恥じらう顔は見る間に首まで朱色に染まる。

「愛してるよ、望」

はにかむように微笑む恋人の目尻から、一粒の涙がこぼれ落ちた。


そう言われても、本当に未練がないのかと望は疑問を払拭(ふっしょく)しきれない。

「あんな綺麗な人なのに……本当に、高寺さんじゃなくて僕でいいんですか？」

性格は確かに酷いのだろうけど、高寺は自分と違い松倉の利益になると判断したら、自身の体を売ることも厭(いと)わない筈だ。

恋人のために身を投げ出す覚悟がないと言われたら、望は反論ができない。

過去の恋愛関係に戻らなくても、経営の協力者という関係になれば高寺の持つ資金力は強い。

松倉が老舗(しにせ)の血縁者だとしても、多方面に顔が利いた方が有利になる。深い仲にあった相手なら尚更、お互いが何を必要としているか分かっているだろう。

「君が気にしてしまう理由は、大体分かるよ。あくまで経営面のみのパートナーとして見れば、確かに高寺は適任だ。けれどね……あいつは料理や人間性に限らず、全ての表面しか見ていない。理解しようとするつもりもないんだ」

「だって、高寺さんは……松倉さんの事が好きだって……」

「高寺が必要としているのは、己を飾り立てる物だけなんだよ。彼が最も大切に思っているのは、自分自身だけさ」

話を聞きながら、心の傷というのには様々な形があるのだと考えていた。順風満帆に見える松倉でさえ、自分に隠していたい過去を抱えている。

隠すのは、それを恥とおもうからだ。

聞かされた望は、松倉の受けた仕打ちがまるで自分が受けたもののように感じて、胸の奥が痛くなってくる。

「それだけなら、ここまで毛嫌いもしなかったよ。彼がその人脈で、気に入らない相手を陥れているると知るまではね」

淡々と告げる言葉は、彼の受けた心の傷の深さを教えてくれる。あえて第三者として語ることで、心の傷が開くのを抑えているのだ。

似たような経験のある望には、その傷を受け入れきれず、けれど治す方法も分からないまま、見ない振りをしている松倉の気持ちが痛いほど分かってしまう。

「今回、望がされたように。彼は人間関係を壊す術に長けている。パトロンになっている権力者を直接使うのではなく、脅しをかけて自ら消え去るように仕向けるんだ」

「でも、だったらどうして、前のお店を潰したんですか。料理の腕は、認めていたんでしょう?」

「『なんとなく気に入らない』というのが、彼の理由だ。経営方針だなんだと、もっともらしい理屈は言っていたけれど、突き詰めれば私が高寺の言いなりにならなかったのが、気に入らなかっただけだ」

「そんな……っ」

　絶句する望に、松倉は苦笑する。

「ここまで情けない私を見せたのだから、全部話してしまおう。彼はね、『一樹の作るものならなんでもいい』としか言わなかった。好みを聞いても、『なんでもいい』としかかえってこない。最初は、私の料理が好きだからそう言ってくれるのだと、好意的に捕らえていたよ。けれどね……」

　一呼吸置いて、喉のつかえを吐き出すように松倉が告げる。

「私が彼に強請られて作った料理の名前を、覚えていなかった。好きだから、是非食べたいと言われたのに。その上、食べた感想が『どうしてこれ、作ったの』だ。正直、ショックだったよ」

料理人としてのプライドもあるだろうけど、恋人と思っていた相手からそんなふうに言われれば誰でも傷つく。

——酷い……。

彼の優しさを高寺はあっさりと踏みにじり、消えない傷を心に残した。

「それで冷静になって考えてみたら、彼は周囲が私の料理を評価しているから価値があると理解しているだけで、私は高寺自身の感想を聞いたことがないと気付いたんだよ」

すぐに松倉は高寺と距離を置いたところ、前の店への嫌がらせが始まったのだと言われた。実家との確執も拗(こじ)れ、最近になって高寺が妨害していたせいで勘当が長引いたと知ったのだ。

「望と出会って、確信した。味が分からないのは、あいつの方だよ。私を含め高寺と体の関係のあるパトロンさえ、彼の自尊心を満足させるための装飾品に過ぎない。だから私の作る料理も、味わって食べたことはないだろうね」

言い捨てる松倉に、望の心は痛む。

——松倉さんを装飾品だなんて、ひどい。

少なくとも、松倉は高寺と恋人関係にあった間は、心を込めて料理を作ったはずだ。なのに高寺は、完全に『利用するだけの物』としてしか見ていなかった。

松倉がどれだけ料理に情熱を注いでいるかなんて、側に居ればすぐに分かっただろう。けれど己を引き立てる道具としてしか他者を認識できない高寺は、松倉の愛情も何も全く無視したのだ。

「なぜ君が泣くんだ？」

「……だって、悔しいです」

こみ上げる涙を拭いもせず、望は訴える。

「松倉さんは高寺さんを愛していたのに、気持ちが届かなくて……高寺さんは、素直に受け止められなかった。それはとっても悲しい事ですよね」

想いを踏みにじられても、冷静に高寺と向き合ってきた松倉の心はどれだけ傷ついただろうか。

そして高寺の事を庇う気もないけれど、彼の歪(ゆが)みきってしまった心を考えると辛くなってくる。

思ったことをぽつぽつと口にすると、抱きしめる腕に力が籠(こ)もった。

「望は優しいんだね。私にはできない考え方をしてくれる。やはり私にとって、君は大切な存在だ」

「松倉さん……」

「これでもう、隠し事はないね」

互いに全てをさらけ出した。過去を全て知っても、望の松倉に対する気持ちは揺るがない。信頼できる相手だと改めて気付き、望は恐る恐る彼の背に腕を回す。

「料理人として認められたい気持ちは今でもある。けれどなにより、望の喜ぶ顔が見たい」

人脈や資金より、自分を選んでくれたという事実だけで十分過ぎるほど幸せだ。

「望と過ごした日々が、これまでで一番充実していた。この先も、私は君と共にいたい。私の考えは、甘いかな?」

望は首を横に振り、淡く微笑んだ。

料理が繋いだ縁だけど、今はお互いを大切に感じていると確信できる。

二人はどちらからともなく視線を合わせ、ゆっくりと唇を重ねた。

「さてと、戸宮君。これはどういう事かな」

狭い店の中で、望は松倉と共に高寺と対峙するように座っていた。

松倉の方から指定した時刻に訪れた高寺と用心棒の八沢は、同席している望を一瞥(いちべつ)して眉を顰める。

「説得が済んだら、君は一樹の前から消えると約束したはずだけど。それとも、陰間として一樹に資金援助をする気になったのかい」

「勝手な事を言うな。私は望をお前に渡すつもりもないし、共同経営をする気もない。話は終わりだ」

怯えて声も出ない望に代わり、松倉がきっぱりと拒絶する。

「戸宮君の過去を、公にしてしまってもいいんだよ。流行りの低俗な大衆誌にネタを売れば、面白い事になるだろうね」

そんな事をされれば、噂は面白おかしく記事にされ、確実に大河屋と『クレエ』の評判は地に落ちる。

やはり自分は、高寺の言うとおり姿を消すべきだったと望は思う。

「望は被害者だ。そして私の恋人でもある。誹謗（ひぼう）中傷を浅はかに言いふらすというなら、私もそれなりの対処をするぞ」

「でもねえ、誰でも面白そうな噂話は気になるものだよ。親に捨てられ、過度に大店の店主から目をかけられている奉公人の過去は興味の対象として打って付けだ。色仕掛けで、得意客や若旦那に取り入ったとでも噂を流せば、興味本位の連中が勝手に噂を広めてくれる」

こういった脅しは手慣れているらしく、高寺は台本でも読み上げるかのようにすらすらと続ける。

「そうなれば、大河屋から客は離れて大損だろう。戸宮君さえ決断をしてくれれば、全てが丸く収まる。見世への手配は、八沢がしてくれるから任せればいい。僕との約束を破ったんだから、覚悟はしているよね」

説得に失敗した望は、高寺にしてみればもう必要のない存在なのだ。利用価値のない望にかける温情などないと、切り捨てられたも同然だ。

「勝手に話を進めるな。私は望を渡すつもりはない」

「でも、戸宮君が陰間になりたいって言ったら、一樹は止める権利はないと思うんだけど?」

高寺は望が自ら陰間へ墜ちるように、巧みに誘導する。これまでの望であれば、大河屋と松倉を守るためには、自分が犠牲になるしか方法はないと思い頷いていただろう。

けれど、今は違う。自分を愛してくれる松倉の為にも、毅然とした態度でいなければならない。

――僕がこの人たちの言いなりになったら、松倉さんも大河屋の人たちも裏切ることになる。

陰間になど墜ちなくてよいと、松倉は言ってくれた。そして望も、愛する松倉のためという理由があっても、見知らぬ男に体を許すなど耐えられないと思った。

他人に反抗するなど、これまで望はしたことがない。それに高寺の横には、散々望をいたぶった八沢がいる。

――……駄目。震えたり、恐がったりしたら……向こうが有利になる。

「答えろよ、望。早くしねえと、松倉も大河屋も大変な事になるかもしれねえぞ？　お前が『陰間になる』って言えば、丸く収まるんだ。頭のいいお前なら、分かってるだろう？」

八沢の声が、過去の記憶を呼び覚ます。幼い望が泣きそうになると、この男は意味ありげな脅しをかけ、あくまで養父の自分は躾けをしているだけであり、望が駄々をこねるから『虐待されても仕方がない』という立場を無理矢理作り出していた。

――いや、なのに……恐い。

謝らなければいけないという気持ちが、望の心をゆっくりと支配していく。謝って言いなりになれば、この恐怖から逃れられるとすり込まれてしまっているのだ。

「落ち着け、望。私がいる。こんな薄汚い連中に、怯えることはない」

「松倉さん……」

震える望の手を、松倉がしっかりと握ってくれる。その力強さに、望は堪えきれず涙をこぼした。

「おいおい、泣き落としか？　そんなのは、茶屋に通う旦那方に使うもんだろう」

せせら笑う八沢に、望は絶望的な気持ちになった。このまま守られていても、事態はよくなりはしない。

「嫌です！　僕はあなたたちの言いなりになんかならない！」

「っ……下手に出てりゃいい気になりやがって。高寺さん、後でこいつはじっくり俺が躾けていいですかね？」

初めて強く反抗した望に、八沢が怯(ひる)む。けれど松倉に摑み掛かる度胸はないらしく、高寺へ媚(こ)びを売るように問いかける。

「望。君が怯えていた男は、自分より確実に弱い相手にしか手を出せない卑小な人間だ。現に私が恐くて、君の側に近寄る事もできない」

「なんだと！」

挑発するような松倉の物言いに、流石に八沢も声を荒らげるが摑みかかろうとはしない。

「さてと、そろそろご到着かな。忙しい人だから、時刻通りには来られないと聞いていたけれど……」

松倉が壁にかけられた時計を確認し、一人頷く。なんの事かと思い望が問いかけるより先に、外から車のエンジン音が聞こえ、程なく『クレエ』の扉が開いた。

入って来たのは芳秀と徳治郎。そして、軍服を着た二人の男だ。

「おいおい、爺さん達。今日は貸し切りだぜ」

いくらか気圧(けお)されたようだが、八沢は高寺のバックに財界人がいると知っているせいか、すぐに威勢を取り戻す。

——芳秀兄さん。徳治郎様も、どうして？

何が何だか分からない望を尻目に、徳治郎は高寺達の存在を全く無視して松倉の前にやってくる。

途中で阻止しようと八沢が手を伸ばすが、軍服の男に阻まれ後退(あとじさ)った。

「てめえら、なんなんだ！　こっちは仕事の話を……」

「喧(やかま)しい！」

温厚な徳治郎が、鬼の形相で怒鳴る。自分が叱られたわけでもないのに、望は無意識に松倉の背に隠れた。

高寺は自分のペースを崩された事で怒っているのか、語気が荒くなる。

「僕に逆らうと、どうなるか。身をもって知ることになるよ！　年寄りだからって、手加減はしないさ。政界にも顔が利く、浜口(はまぐち)社長は私の……」

声を遮るように徳治郎が『どん』と杖で床を叩く。

流石に驚いて口をつぐむ高寺に、徳治郎が重みのある声で告げる。

「こら、坊主。軽々しくパトロンの名前を言うもんじゃない。しかし、あの馬鹿……こんな口の軽いのに引っかかるとはなぁ」

静かな口調だけれど威厳がある。

――僕の知っている徳治郎様じゃない。

大店の隠居としか知らされていないが、今の徳治郎からは只ならぬ威厳が感じられる。しかし八沢と高寺は、その違和感に気付いていないのか平然と突っかかっていく。

「なんだよ爺さん。思わせぶりな言い方しないで、はっきり言ったら？」

「浜口の坊主は子供の頃から知っとる。もちろん、お前さんがこれまで何処の誰と繋がりを持ったかも、確認済みじゃ」

にやにやと意地悪く笑う徳治郎に、高寺もやっと不穏な空気を感じ取ったらしい。けれど狭い店内に、当然逃げ場などない。

「若造、わしの名は知らんか？　もう隠居して十年じゃが、それなりに名は通ってる筈だが。四箇田徳治郎という名を、聞いた事はないかね」

望でさえ、どこかで聞いた事のある苗字だが何であるのかは思い出せない。首を傾げていると、代わりに高寺が震える声で答えを口にする。

「四箇田……まさか、前の大臣」

「やっと分かったか。阿呆」

新聞でよく見た名前だったが、まさか徳治郎がその当人だとは想像もしていなかった。高寺とは別の意味で震え出す望の肩を、隣に立つ松倉がそっと支えてくれる。

「徳治郎様が、大臣だったなんて」

「元じゃよ。今は料理好きの爺じゃ」

からからと笑う徳治郎だが、その目は鋭く高寺を見据えている。

「すまんのう。言えば望君は、話をしてくれなくなるんじゃないかと不安でなあ。善蔵に頼んで隠してもらっとったんじゃよ。この二人は、わしの警護係じゃ」

杖で示した先には、屈強な軍人が直立不動で四箇田の指示を待っていた。

「高寺。お前さんに金を出してるのは造船屋浜口の五代目じゃろ。浜口と知り合いと言うことは、あれの取り巻きの男癖の悪い銀行の頭取に取り入ろうとしている最中か？　余計な世話じゃがあれは無駄だぞ。酷い恐妻家でな、財布の紐は細君が握っておる。男の愛人がいるなどと知ったら、嫉妬で何をするか分からんぞ」

「……なんで、そこまで知って……」

青ざめていく高寺に構わず、四箇田が威厳のある声で続けた。

「今後、一切お前との付き合いは絶つよう叱っておく。他の連中に頼っても無駄じゃぞ」

「そんな……」

「二度と、この二人に近づかないと誓うなら命くらいは見逃してやってもいいが。そうじゃな、上海辺りに逃げるのは目を瞑ってやろう。しかし詰めが甘いのう、高寺隼人。いや陰間時代の『白鷺』と呼んだ方がいいかね」

その言葉が決定打となったのか、高寺が苛立ちを隠しもせずに立ち上がろうとする。逃げるつもりだと察した八沢が必死の形相で追いすがるが、高寺は視線すら向けようとしない。

「待って下さいよ、高寺さんっ。俺はどうすりゃいいんですか！」

「知るか！　自分の事は、自分でなんとかしろ。お前との契約は、これで終わりだ」

完全に見捨てられたと察した八沢は高寺より先に逃げようとして、ドアに手をかける。しかし寸前で、四箇田の護衛として付いてきた屈強な男に取り押さえられた。

「八沢。お前さんの行く先は、別の場所じゃ……おっと白鷺は飛び立つのも早いのう」

八沢を取り押さえている間に、高寺が隙を見て店内から逃げ去ってしまう。だが四箇田は追うように指示は出さず、用意してあった紙を出して読み始める。内容は難しい言い回しで望にはよく分からなかったが、罪状が羅列されたものだと松倉達の表情で気づく。

「どうしてだ。高寺さんがもみ消してくれた筈じゃなかったのかよ……」

この世の終わりみたいな顔で八沢が真っ青になり、ぶつぶつと呟きながら頭を掻きむしる。

「……つまり、詐欺や借金の踏み倒しを山のようにしてたって事。それを難しい言葉で説明してるだけだ」

ぽかんとしている望の耳元で、芳秀がこっそりと説明してくれる。

「警察に捕まるか、その筋の者に引き渡されるか選べ」

長い罪状の確認が終わると、やっと自分の立場を理解したのか八沢が力なく項垂れた。結局、八沢は留置所へ行くことを承諾し、護衛の男に縛られて店から連れ出されていった。

「あの男は、高寺に雇われてから羽目を外したようでなあ。大した事はしとらんが、目障りに感じていた者も多い」

一段落し眉間（みけん）の皺（しわ）が取れた四箇田の顔が、やっと普段の好々爺（こうこうや）に戻る。

「八沢の処分は、こちらで決めてしまってもよいかな？」

「お任せします」

頭を下げる松倉を見て、望もぺこりとお辞儀をする。

「……お手数を、おかけして……すみませんでした」

「なに、松倉君と、望君を守るためなら喜んで引き受けよう。美味（うま）いもんが食えるなら、この爺がなんでもするぞ」

このまま笑って済ませてしまえば大団円なのだろうけれど、どうしても望は一つ気になる事があった。

「徳治郎様……高寺さんは、まさか八沢に売られて、陰間に……」

もしそうだとすれば、元凶は八沢だ。けれど徳治郎は、驚いたように目を見開き首を横に振る。

「あんな酷い事をされても、気になるのか。望君は人がよすぎる」

「それがこの子の、長所ですから」

すぐに松倉が口を挟み、何故か望以外の三人が同時に笑った。

「白鷺、いや高寺は幼い頃に陰間茶屋に売られてな。苦界から抜け出すために、余命のない客を騙して水揚げさせたんじゃ。生きていく為に歪んでしまった、ある意味被害者でもある。

八沢と出会ったのはここ最近の事じゃ」

だから体を売るのを断った時に、馬鹿にした態度を取ったのだと望は理解する。

「まだ水揚げした男の財産がのこっておるじゃろ。無駄使いせず、大人しくしていれば生きていけるはずじゃがのう」

ともかく、高寺も八沢も今後、望の前に現れることはないと、徳治郎は約束してくれる。

色々と聞きたい事はあったけれど、緊張で胸がつかえて言葉が出てこない。

そんな望を気遣い、徳治郎は『詳しい事は、後日改めて』と言い残し帰って行った。


四箇田が出て行った後、三人はなんとなく顔を見合わせてほっと息をつく。

「……あの、芳秀兄さんは四箇田様の事、知ってたんですか？」

すると芳秀は、あっさり首を横に振って否定した。

「俺は直前まで知らなかったんだよ。親父の友達だから、てっきり囲碁の遊び仲間程度に思っててさ。いきなり『一緒に来てくれ』って言われて付いてきただけなんだ」

来る途中、四箇田から身分を明かされ冷や汗をかいたと芳秀が続けた。それまでご贔屓(ひいき)にしてくれるお金持ち程度の認識だった相手が、実は元大臣などと知って内心慌てたことだろう。

「親父のやつ、肝心な事は先に言ってほしいよ」

「大旦那様は知ってて、僕なんかに四箇田様の接客を頼まれていたんですね……」

引退したとはいえ、政界の重鎮だ。それだけの身分の客は、番頭が直々に出向くか大旦那が対応するのが普通である。

何より客の側も、手代など相手にしてくれない。

「あのな、四箇田さんも独学だけど料理に関しちゃ知識が半端じゃないんだ。何を聞かれても、的確に答えられるのは今の大河屋にはお前しかいないんだよ」

「僕は……そんな……」

「四箇田さんは、あの性格だから身分云々(うんぬん)より知識がしっかりしてる望を、専属の店員に指名したんだよ。あ、こいつはうちの親父同様知ってて、黙っていたんだ。親友にまでだんまり決め込むとか、最低だよな」

肩をすくめて、芳秀が松倉を指さす。

「客の素性を軽く喋る店は、嫌厭(けんえん)される。お前の父親も、跡継ぎに事実を告げるのは早いと思って、黙っていたんだろう」

「……俺の信用、ないってことかよ」

悪びれる様子もなく、逆に松倉が平然と言い返した。先程までの緊迫した空気が、嘘のようだ。

そんな二人の遣り取りを、羨ましいと思って眺めている自分に気がつき望は瞼を伏せる。こんな大事になったのはお前のせいだと詰られても仕方がないのに、誰も望を責めようとしない。

確かに犯罪を犯したのは高寺と八沢だけれど、自分さえここにいなければ皆に迷惑がかかることはなかった筈だとも思う。

「あの」

「望は悪くない」

「一樹の言うとおりだ」

話し出す前に二人からきっぱりと言い切られ、口を噤むしかなくなる。

「望の件がなくても、高寺って男はこの店を探し当てていただろうからな。そうなったら、取引のある大河屋も標的だ。どっちかっていうと、望は後付けの原因で……四箇田さんが一樹を贔屓にしてる事が問題なんだよ」

何とも言えない表情で芳秀の言葉に同意する松倉に、望は小首を傾げた。

「でも四箇田様は、助けてくださったんですよね」

「あの人に悪気はないんだ。ただ……以前から贔屓にしてもらっていた四箇田さんには、この店を新しく構える時に、高寺に見つからないように身分を隠して店に来て欲しいと頼んでいたんだ。それがどういうわけか逆に『政界の重鎮がお忍びで行く店』って勝手な噂を流されてね。結果として、高寺にも店の存在が分かってしまったという訳だ」

「知りたがる連中は、こっちの迷惑はお構いなしだもんな」

有名であるがゆえに、本人が望まなくても話題になってしまう。

良い事なのに、広まった結果が悪い方向へ転じるというのは、望にしてみれば不思議だった。

これまでの人生は、悪い事は悪いまま。よい人生はよいまま。という単純な図式でしかな無かった。

大河屋から受けた恩は有り難いと感じているし、以前よりはずっと幸せだとも思う。けれど望の心と体には、消しようのない傷がある。それを忘れさせてくれたのが、松倉という存在だ。

「四箇田様は、悪くないのに。高寺さんだって、方法を間違っただけで……八沢は嫌いだけれど、真面目に働いていればこんな事にならなかった。どうして」

「世間なんて、そんなもんなんだよ望。俺の弟は真面目で箱入りすぎて困っちまう」

芳秀が慰めるように、望の頭を優しく撫でてくれる。そしてどういう訳か、さりげなく手を摑んで引き寄せられる。すると当然、松倉との距離が開き彼が思いきり不機嫌な表情を見せた。

「これからどうする、一樹。俺はさっきから、嫌な予感しかしてねえんだよ。お前が俺のお気に入りを掻っ攫っていくときの勘だ」

だから外れてないはずだと、芳秀が続ける。

「まずは店の事だが。騒ぎになってしまったから、閉めるつもりだ」

「本気かよ。やっと面倒ごとが片付いたってのに」

即断に芳秀も驚いたらしく、声を張り上げた。けれど望にしてみれば、驚きどころでは済まされない。

——やっぱり、僕のせいだ。

もし自分が八沢に捕まり、高寺に言われるまま陰間茶屋にでも入っていれば、松倉がこの店を閉める決断をしなくてもよかった筈だ。

青ざめる望の目を見つめ、松倉が言い聞かせるように話を続ける。

「先に言っておくが、望が責任を感じることはない。四箇田さんが口止めはするだろうけど、高寺が高飛びすれば、取り巻きが騒ぎ出すのも時間の問題だからな」

「それもそうだな。『クレエ』に来る客層が漏れれば、四箇田さんみたいな人と、お近づきになりたい連中も押しかけるだろうし」

「ああ。それと少し前から考えていたんだが、今回の事で気持ちが決まった。この機会にフランスへ留学して、改めて料理を学んでくる」

これまでは国内の洋食店で修業をしており、外国人シェフに師事した事もあったが、本場で自身の力を試したいのだと松倉が続ける。するとそれまで呆れ顔で聞いていた芳秀が、急に松倉を睨む。

「望にはどう責任取る。まさか遊びで手を出しただけだから、これで手を切るなんて言い出すなよ」

声だけで、彼が珍しく本気で怒っていると分かる。けれど望からしてみれば、その発言内容の方が問題だ。

「え……芳秀兄さん？　知って……？」

「当たり前だろ」

松倉と特別な関係になった事は、誰にも話していない。口づけられたことは知られているけれど、芳秀は松倉を『遊び人』と言ってのけていたから、悪ふざけの一環と誤魔化せていたつもりだった。

それに、『付き合っているのか』などと具体的に聞いてきたりもしなかったので、精々気に入られていたくらいに思われているだろうと勝手に考えていた。

「お前の態度を見ていれば、誰だって分かる。それに俺は、お前の兄さんだぞ。弟の考えなんて、お見通しだ……で、一樹。どうする？」

留学となれば、最低でも一年はかかる。連絡を取り合うにしても、手紙は船便で運ばれるから、往き来には二週間近く必要だとも聞いていた。

たまに大旦那から頼まれて、外国人街に買い物へ行くこともある望は、異国の美しい女性を多く見ている。

松倉は自分を『愛している』と言ってくれたけれど、そんな美しい女性に言い寄られたら彼だって心が揺らぐかも知れない。

いや、揺らいで当然だ。

そして望は、松倉から別れを切り出されても追いすがる資格などないとも思う。このまま笑顔で、彼の旅立ちを見守るのが自分の勤めだと心の中で繰り返すけれど、祝福の言葉が出てこない。

――僕のことは忘れて、頑張ってきて下さいって……言わなきゃ。

けれど口を開けば嗚咽が溢れそうだ。俯いたまま動かない望の体が、強引に芳秀の腕から引き離された。

いきなりの事に対応できず、ふらついた体は松倉の胸に抱き留められる。

「助手として望を同行させたい。将来の伴侶に、私の仕事を見ていてもらいたいんだ。それに望も見聞を広めるよい機会になると思う」

「それが今日の本題か。四箇田さんがタイミングよくうちに来て、俺を連れ出したのも計算尽くだな。高寺達の事も最初から四箇田の爺さんに頼んであったたって訳か」

「茶番に付き合わせて、悪かったな」

いかにも悪友という雰囲気で苦笑する二人に挟まれた望は、困惑気味に顔を上げた。

「茶番は楽しかったから、別にいいけどよ。望を連れて行く件に関しては、話は別だ。将来うちの店を支えてもらう望を連れて行くんだから、条件は出すぞ」

ここは望の意志を確認すべき所なのだろうけど、芳秀も松倉も全く無視をして話を進めていく。

――……いいの、かな?

できれば、松倉と共に居たい。けれど問われれば、自分は無理だと答えてしまうだろう。それを分かっているから、二人はそれぞれの優しさで望が希望する未来をかなえてくれようとしている。

「言ってみろ」

「人さらいの分際で、偉そうだな。まあいい……戻ってきたら、またうちと取引をすること。あと一樹、これからは俺を『お兄様』と呼べ。大事な弟の伴侶になるんだから、当然だろう」

「取引は構わないが、呼び方は却下だ！」

なんとも芳秀らしい条件提示に、望もやっと笑みを浮かべた。

「滞在費は、一樹が持つんだろ？　折角だから、豪遊してこい」

「あ、あの」

留学に行くのだから、遊んでいる時間などない。と言いかけるが、芳秀は聞く気はないらしく松倉に向き直る。

「繰り返すけど、こいつは俺の弟だ。泣かしたら承知しねえぞ」

「分かっている」

「望。疲れただろうから、一樹のとこで二、三日休め。店に顔出せる気力が戻ったら大河屋に来てくれ。フランスに行くまでに引き継ぎ頼むぞ」

「でも」

確かに、手代を纏めている望が抜けるのは大河屋にとってかなりの痛手だ。番頭の補佐もしていたし、徳治郎以外にも望を贔屓とする客もいる。

だが八沢が大河屋で話した事は、確実に広まっている筈だ。既に自分の信頼など、地に落ちているだろう。

「あんなチンピラの言ったことなんて、誰も気にしてねえよ。むしろ望がヤバいヤツに絡まれたって、心配してるぜ。お客さんも変わりはねえし、何かあったら四箇田さんが説明してくれる」

そこまで言われて、嫌ですとは言いがたい。

芳秀も気休めなど言う性格ではないから、奉公仲間が心配してくれているというのも、嘘ではない筈だ。これ以上、人の優しさを疑っては失礼だと考えて、望は芳秀に頭を下げる。

「ありがとうございます。芳秀兄さん」

「もういいだろう。私は改めて望と話がある」

「はいはい。邪魔者は退散するよ。望、こいつに酷い事されたら、俺に言うんだぞ」

言っていることは酷いが、芳秀の目は笑っている。二人の仲を認め、心から祝福してくれているのだと分かり望は涙ぐむ。

——僕は、なんて幸せなんだろう。

本当の家族のように思ってくれる芳秀と、恋人の一樹。そして自分を大切に守ってくれる大勢の人がいる。

「今日はもう閉店だ。早く帰れ」

「すっかり『旦那様』って態度だな。小舅(こじゅうと)として口出ししてやるから、覚悟しろよ」

冗談とも本気ともつかない捨て台詞(ぜりふ)を笑顔で告げて、芳秀が少し寂しげな顔で店を出て行った。

『クレエ』に鍵をかけると、松倉が望の手を取り裏手の自宅へと連れて行く。

てっきり客用の部屋に行くのかとばかり思っていたが、意外にも初めて彼の私室へ通された。

居候している間、屋敷の中を掃除していたけれど松倉は頑なに『私の部屋はいい』と望が立ち入ることさえ断っていた。

余程、知られたくないものがあるのかと、あえて詮索はしなかったが入ってみて驚いたのは、客用の部屋以上に私物がないという事だ。

家具は以前の住人が使っていたものをそのまま使っているようだが、必要最低限の物しか置いていない。

小綺麗と言うより、殺風景と言った方が正しい室内に、少し戸惑う。

「実家を出てから、失うことばかりでね。どうも身近な場所に人や物を置くという事に対して、拒否反応があるんだ」

「僕は、いいんですか？」

「君だからいいんだよ」

辛かったのだろうなと、漠然と感じる。

どうせなくしてしまうのなら、最初からない方がいいと選択するまで、松倉はどれだけのものを失ったのだろうか。

そしてその失った物の中には、恋人になれたかも知れない『高寺』も含まれている。

「高寺さんは、大丈夫でしょうか？」

「陰間をしていたというのは初耳だったが、あの性格ならどこでも生きていけるだろう」

彼もまた、苦しい生活をしていたと知り、望は胸が痛くなる。

だからといって高寺のしたことを許せるはずもなく、胸の中がもやもやとした嫌な感覚に囚われていた。

すると松倉が、抱きしめる手に力を込める。

「それよりも、今は私の事だけを考えてくれないか？」

「……松倉さん」

なくしたくないのだと言う代わりのように、口づけられる。

「ぁ……」

小さく喘ぐと唇が離れ、至近距離で見つめられた。

「ずっと一緒に、私の伴侶として側にいてほしい」

こんなにも幸せで良いのかと、望は頬を抓りたくなる。

とても好きな人から愛を告げられただけでなく、この先も一緒にと求められる日が来るなんて思ってなかった。

「そんなこと言ってもらえるなんて、夢みたいです」

「こうして君に触れて、愛し合っているのは紛れもない現実だよ。望」

吐息が唇にかかり、甘く噛むみたいに触れ合う。話をしているのか、唇を愛撫されているのか、次第に分からなくなってくる。

「そろそろ、現実だと認めてくれないかな」

微笑む松倉にぼうっと見惚れていると、予想もしていなかった事を言われる。

「さっき芳秀には言わなかったけれど、君を連れて行くのはもう一つ理由があるんだ」

「なんですか？」

「居ない間に、悪い虫が付かないか心配でね。君がそばにいてくれないと、私は勉強どころじゃない。欧州へ渡れば、一年以上は向こうで暮らす事になる。心変わりを疑ってはいないが、不埒な輩が君に何かしないかと考えたら……嫉妬で夜も眠れない」

嬉しい事が一度に起こりすぎて、頭の中が混乱している。

——こんな僕でも、幸せになっていいのかな。

ずっと自分は、汚くて惨めなだけの人生を送るのだと思っていた。大河屋という理解ある奉公先はあるけれど、松倉のように自分だけを愛してくれる人に巡り会えるなんて、奇跡に近い事だ。

望の目尻に涙が溜まり、それはとめどなく頰を伝って落ちる。

「愛してるよ、望」

「僕も、松倉さんの事が……すき、です」

気恥ずかしくて、どうしても声が小さくなる。それは咎められなかったけれど、松倉が一点だけ訂正を告げた。

「駄目だよ望。恋人なんだから名前を言わないと。芳秀にも認めてもらったんだから、もう立場が、なんて言い訳は聞かないからね」

指摘されて、望はどうしたものかと悩む。恋人だと改めて告げられても、やはり名前で呼ぶのは緊張する。

望はぎゅっと両手を握りしめて居住まいを正し、震える唇で彼の名を呼ぶ。

「……一樹さん」

「よくできました」

わざと茶化すような物言いをしてくれるのは、望の緊張を解くためだ。

「この間、君が言っていた通り、私に全てを捧げてくれるという気持ちは変わっていないかい？」

「はい」

いまならもう、戸惑いなく答えられる。

「僕の全ては、一樹さんのものです」

おずおずと彼の手を取り、ベッドへと導いて座るように促す。

これまでの自分なら、決してしようなんて思わなかった事を、望は自分の意志でやろうとしていた。

「望……」

彼の前に跪き、ズボンのファスナーへ手をかけた。心臓が早鐘を打つけれど、恐怖だけではない。

望は深呼吸をしてから、意を決して望みを伝える。

「舐めても、いいですか?」

「無理はしなくてていいんだよ」

「僕が……したいんです。松倉さん……いえ、一樹さんに奉仕をして一樹さんの味を覚えたいんです」

はしたないお強請りをしていると自覚はある。けれど、彼に全てを捧げることで、望は無意識に過去の記憶と決別しようとしていた。その気持ちを松倉も察してくれたのか、あえて強く止めはしない。

「分かった。望の好きなようにしてごらん。私は望に触れてもらっているだけで、十分感じているからね。無理だけはしないで」

優しい言葉に勇気づけられて、望は松倉のズボンを寛げると彼の雄にほおずりする。

——大きい。

この間、貸し茶屋で抱かれたときは恥ずかしくてまともに見ていられなかった。けれどぼんやりとしたランプに照らし出された松倉の雄は、まだいきり立ってもいないのに、相当な大きさだと分かる。

「恐い？」

「いえ、驚いてしまって……」

これまで何度も松倉と床を共にしていたけれど、恥ずかしくて彼の雄をこんなにまじまじと見つめたことはなかったのだ。両手で支えているそれはカリが高く、太さも相当な物だ。

——こんなに大きいのが、僕の中に挿ってるんだ。

逞しい雄に愛されているのだと、改めて実感する。

「……八沢は、もっと小さかったから、あれが普通だと……」

自分は女性との経験もないから、異性から比べられたことはない。だから色々知ってる八沢の大きさが、大人の普通だと思い込んでいた。

頭上で苦笑する松倉に驚き、望は顔を上げる。

「何かおかしなこと、いいましたか？」

「いいや。君を笑った訳じゃないからね——そうか、でも君が困惑するほどの大きさなら、かなり苦しいんじゃないかな」

「けどそれなら、一度口淫すれば松倉さんの形をしっかり覚えられると思います。少しくらい苦しくても、松倉さんの形を覚えられる方が、僕は嬉しいです」

微笑んで告げると、指で髪を梳かれる。それだけでも、背筋がぞくぞくする程の快感が全身を駆け抜けた。

「そんな嬉しいことを言ったら、酷くしてしまうよ」

「かまいません」

鬼頭に口づけて、一生懸命口内へと入れる。苦しいのでいったん離し、幹を根元から丁寧に舐めて射精を促す。

「ん……」

初めて男性器を、愛おしいと感じていた。松倉に気持ちよくなって欲しい一心で、望は彼の雄に奉仕する。

舌の上で性器が脈打ち、鈴口から先走りが零れる。自分の技巧で感じてくれていることが、嬉しくてたまらない。

「ん、ふ……は」

以前、八沢から強制された奉仕の仕方は忘れ、ただ松倉を悦ばせたいという感情のままに口淫を続けた。

花街に出入りしていた松倉にしてみれば、望の技巧など拙いものだろう。なのに彼は労るように頭を撫でてくれる。

「口を離していいよ」

舌の上で雄がひくっと跳ねた。

――射精、しそう。

口を離すように言ってくれるのは、松倉の優しさだ。けれど望は、より深くまで雄を銜え込む。

望は勃起した雄を可能な限り口に含んで、吐精を促すように鬼頭を強く吸う。次の瞬間、くぐもった声と共に、苦みのある精液が口いっぱいに出された。

「……っ……すまない、望」

こくんと喉を何度も動かし、望は懸命に放たれた精液を飲み下す。一度では、とても飲みきれない。

――すごい、量。

嫌な記憶はまだ残っているのに、松倉の精には全く嫌悪を感じない。それどころか望は無意識に一滴も零さないように両手で口元を押さえていた。

大好きな人の出した精を飲んでいるという状況に、耳まで赤く染まる。

「……苦い」

けれど彼の体温と味が、舌の上に広がる悦びが勝る。

「気持ちよかったですか？」

「とても」

「味、分かります……松倉さんのはすき」

先端に溜まった残りも、そっと吸い上げて飲み込んだ。あとは唇と舌を使い、溢れて幹にしたたる精液を丁寧に舐め取る。

「そこまでしなくてもいいんだよ」

「僕が、したかったから……わっ」

抱き上げられ、望はベッドに横たえられた。着物の帯を解(ほど)かれる合間に、松倉が肌を愛撫して性感を煽る。

覆い被(かぶ)さってくる松倉が唇を求めてきて、望は一瞬躊躇した。けれど松倉は構わず、望の唇を強引に奪い、舌を絡めた。

互いの唾液(だえき)が混ざり合い、望はそれすらも躊躇なく嚥下(えんか)した。

「……ぁ、ん」

「望の唇は、形も綺麗だけれど甘いから癖になる」

愛しい松倉への口淫と口づけだけで、望の体はすっかり発情してしまっていた。暫く抱かれていなかったこともあって、腰の奥が淫らな期待に疼いている。

それは松倉も同じらしく、いくらか性急に求めてくる。

「もっと君が欲しい」

「松倉さんっ」

まだ互いに着物を纏わり付かせた状態で、彼が覆い被さってきた。

膝裏を摑まれ、左右に大きく広げられた。口淫で興奮し張り詰めた自身も、雄の挿入を期待してひくつく後孔も全てをさらけ出し、望は羞恥に涙ぐむ。

もう何度も経験していて、彼に触れられていない場所などないのに、まるで処女のような反応しか返せない。

「……一樹、さん……僕をもっと乱してください……一樹さんの好きなようにして……」

「そんな可愛いことを言うと、酷くしてしまうよ」

「構いません。一樹さんに、気持ちよくなって欲しいから」

「望、本当に君を滅茶苦茶にしてしまいそうだから、余り煽らないで」

「……でも……ふ、あっ」

唾液と先走りで滑る先端が、望の後孔を犯す。

久しぶりの行為に体は強ばったけれど、松倉は何度も望に口づけて、体の力が抜けるのを待ってくれる。

「可愛いよ。望」

甘い囁きが、耳を擽る。

優しい言葉だけで、望の体は酷く感じ入ってしまう。

「や……はずか、し……から……言わないで……んっ」

「どうしてだい？　君は愛らしくて、とても健気だ。特に私を受け入れてくれるここは、必死に締め付けて悦ばせようとしてくれる」

「あ、あ……ちがう、の……一樹さんのが当たると、勝手に……動いて……」

入り口を少し入った部分にある敏感な場所に、松倉のカリが当たっているのだ。初めて受け入れた夜に開発されたそこは、何度も体を重ねる間に僅かに膨らみ、より敏感になってしまっている。

「そうだね、望はここを擦られると弱いからね。でもここでイくより……」

「ひっ」

腰を摑まれ、一気に雄が押し込まれた。臍の近くまで到達したそれは硬く張り詰めていて、今にも精を放ちそうだ。

「奥を捏ねて解してから、イく方が好きだよね」

淫らな性癖を指摘され、望は涙目になるけれど真実なので反論できない。それに松倉に強く抱きしめられながら上り詰める激しい快感を体は忘れておらず、想像しただけで軽く達してしまう。

「あ、ぁ……」

「中が舐めるように、吸い付いてくるよ」

望の自由を奪うみたいに松倉が腰を掴み、根元まで挿入した。狭い内側が、雄の形に変えられていくのが分かる。

――口でも……あそこでも、一樹さんの形……覚えちゃう。

ゆっくりと内部を捏ねられ、蕩けきっていた望は最奥まで挿れられた高ぶりを強く締め付けた。

「や……かずき、さん……ああっ」

「望君っ……」

低く唸るような声と同時に、松倉が奥を穿つ。

「だめっ……待って、くださ……」

その刺激に耐えきれず、望は鈴口から蜜を零す。望が達したのを見計らったように、松倉の雄が最奥に射精した。

「あ、んっ……」

精を注ぎながら更に中を擦られて、望は悲鳴に近い嬌声を上げる。射精しても硬さを失わない雄が、望を更なる高みへと誘う。

望の放った精の量は体内に注がれた松倉の物の半分にも満たず色も薄い。なのに松倉の雄はまだ射精したりないとでもいうように、敏感になった内部を小刻みに突き上げる。

「……かずきさん、どうして？」

「望が可愛いから、抑えが効かないみたいだ」

話している間にも彼の雄は完全に硬さを取り戻して、蕩けきった内部を苛(さいな)む。

「も……大きく、しないで」

懇願する唇を舌先で舐められ、望は耳まで真っ赤になる。

「何度口づけても、望の唇は甘いね。ずっと口づけていたいけれど、今は可愛い声を聞いていたい」

「あ……や、ん」

今度は小突くような動きに代わり、望は自分でも松倉に合わせるように腰を動かしてしまう。

「も、だめっ」

射精していないのに、腰がびくびくと跳ねて止められない。

「まだいってるから……動かないで」

なのに松倉は、望の懇願を無視して腰を突き上げる。持続する絶頂に、全身が歓喜する。淫らな悲鳴を上げてのたうつ望に、松倉が口づけを繰り返した。

「もっと、乱れていいんだよ」

恥ずかしい頼み事に、逆らうことなどできなかった。

本能のままに後孔が締まり、淫らな蠕動が繰り返される。立て続けに達し続ける望の自身からは、蜜の残滓が僅かに鈴口へ浮かぶだけだ。

「一樹、さん……すき」

甘い快楽の波に翻弄されながら彼の背に爪を立てると、中で雄がびくりと跳ねて射精される。口淫した時よりも遥かに量を増したそれが、信じられない深みまで望を犯した。

「生涯君を離さない」

「……はい。僕も、一樹さんを離しませんから……」

震える唇を自分から重ねる。

これからも、苦しかったり辛かったりすることは沢山あるだろう。

でも……。

——僕も一樹さんも、一人じゃない。

甘い誓いを確かめ合うように、二人は眠りにつくまで求め合った。

あまやかなからだ

レストラン『クレエ』の裏に建つ、洋館の玄関を開けて望は恐る恐る声をかける。

「ただいま、戻りました」

「お帰り、望。厨房に来てくれるかな」

当然のように返される声に、安堵と気恥ずかしさがこみ上げて、頬が熱くなった。

先日、正式に善蔵から留学許可の下りた望は、渡欧までの間に必要な語学力を身につけるという名目で、松倉の家に居候をしている。

周囲からは松倉との恋人関係を認められてはいるものの、未だに望はこの幸せを受け止めきれずにいた。

物心ついたころから、様々な我慢や理不尽を強いられてきたせいか、たった数ヶ月で変わってしまった環境の変化に追いつけずにいるのだ。勿論、大河屋への奉公は続けているし、空き時間には松倉の手伝いもしている。

芳秀は事あるごとに『これじゃ望の奉公先が増えただけだ』と松倉に文句を言うので、二人の関係が悪くならないか望は困り果てていた。

元々働くことは好きだし、何もしない方がどうにも居心地が悪いのだ。けれど松倉を含めた周囲の人々は、どういう訳かこれまで望は苦労の連続だったのだから、少し我が儘になって好きなことをしなさいと促す。

「新しい料理の研究ですか？」

呼ばれて厨房に入ると、木の机に向かって本を読んでいた松倉が顔を上げて望を手招く。

「ああ。仕事はないのに、この時間になると癖でね……望？」

「はい？」

「顔色が悪い。今日は早く休んだ方がいい。その前に、ホットミルクでも飲むかい」

「……あ、はい……でも……っ」

額に松倉の掌が触れ、顔が近づく。

「熱はないようだね。でも君に何かあったら、ここぞとばかりに私を叱りに来る人がいるからね」

「すみません」

自分の不摂生が、結果として松倉に迷惑をかけてしまうと気がついて、望は項垂れる。大河屋の面々だけではない、望を贔屓にしている徳治郎も留学が決まってからは何かと理由を付けては『クレエ』へ顔を出しに来るのだ。

「冗談だよ。それにね、望。君が体調を崩してしまわないか一番心配しているのは私なんだから、それを忘れないでほしいな」

「はい」

頭を撫でる手が優しくて、望はほっと息をつく。けれど何気なく見つめた松倉の顔が、心なしかやつれているように思い小首を傾げる。

「……あの、僕より松倉さんの方が具合が悪そうですけれど。大丈夫ですか?」

彼と出会ってから様々な事があったけれど、松倉はどんな時でも疲れた様子など微塵も窺わせたことはない。

流石に留学の手続きや、店の片付けなどで疲れているのかと思いきや意外な答えが返された。

「今日、私の父が上京してきただろう。原因は、あの人だよ」

「え?」

欧州に渡るとなれば、最低でも一年は日本へ戻れない。

そんな理由もあって善蔵が関西の支店に働きかけて、松倉の実家である料亭に連絡を取ったのである。そして松倉の父が上京ついでに息子と話ができるようにと、取りはからってくれたのだ。

当然だが、同行する望の素性も説明することとなり、松倉は包み隠さず『伴侶だ』と父に告げたのだけれど――その反応は、誰も予想していない結果となる。

昔気質の性格だと聞いていたから松倉の父親がどういった態度を取るのか、正直望は不安だった。

反対されれば身を引く覚悟でいたのだけれど、現実はその場に居合わせた全員が予想もしない事態に陥ったのである。

望を『伴侶』だと紹介された松倉の父は、一目見るなり『死んだ女房の、若い頃にそっくりだ』と言ってその場に泣き崩れてしまったのだ。

「――望は引き継ぎで、すぐに港の倉庫へ行ってしまったから知らないだろうけど……あれから父が大騒ぎでね。留学なんかしないで、実家に住めやら祝言用の着物を買うだの散々騒いだんだよ」

それこそ、大旦那を含めた全員でどうにかなだめすかし、東京見物へ連れ出して事なきを得たのだが、その騒ぎだけで松倉は相当疲れたらしい。

「僕、そんなに松倉さんの御母様に似てるんですか？」

「正直に言うと、分からないんだ。母は私が物心つく頃に病で倒れてね。絵姿も残ってない。けれど昔から何があっても仏頂面で通してる父があんなに喜ぶ姿を見たのは初めてだから、嘘ではないだろう。ともかく、えらく君を気に入ったのは確かだ」

男である自分を、松倉の伴侶として認めてもらえたのは素直に嬉しい事だと思う。だから望は、素直な気持ちを口にする。

「こんな僕を認めて頂いて、本当に感謝してます。御父様の事は実の父と思って親孝行しますから安心して下さい」

外見だけ似ていても、妻として不出来では意味がない。折角、伴侶として認めてもらえたのだから、尽くすつもりだと決意を新たにする。

以前勘当されたと言っていたが、松倉の父は立派になった息子に対して満面の笑顔を見せていた。

「僕は父を早くに亡くしましたから、『父』という存在にすごく憧れがあって。だからすごく嬉しいんです。松倉さんが関西の本店を手伝うのでしたら、僕も向こうで働けるように大旦那にお願いしてみます」

伴侶となる者が、義両親との関係に悩むという話は良く聞く。自分は只でさえ、身分差と同性であるという不利な条件を背負っているのだ。それでも、松倉の父は望を家族として受け入れてくれると言ったのだ。

これほど有り難い事はないと望は思うのだけれど、松倉の表情は暗いままだ。

「いや、実家の料亭は兄夫婦に任せるから留学を終えてからもこちらで店を続けるよ」

「いいんですか。御父様が悲しむんじゃ……」

「あの調子じゃ、近くに住んだら新婚も何もお構いなしで入り浸るに決まってる。……こっちに残っても、芳秀が煩そうだけどね」

肩をすくめて苦笑する松倉に、望も少しだけ困ったような笑みを返す。

それは松倉の言葉に同意したというより、現在自分の置かれている状況に戸惑いを隠せないせいだ。

確かに松倉の言うとおり、二人の間柄を認めはしたものの芳秀はまるで実の家族が嫁ぐかのようにあれこれと心配してくれる。

松倉は冗談めかして牽制しているようだが、望にしてみるとここまで自分が大切にされていることが不思議でならないのだ。

哀れみから来る優しさではなく、望自身の人徳だと松倉は言ってくれる。

――けど……こんなに優しくしてもらえる価値なんて、僕にはないのに。

今は刑務所に入っている八沢に関しても、徳治郎が各方面に話を付けた結果、かなりの余罪が明るみに出て当分は出てこられない。もし出所しても、絶対に望には近づかないよう手は打つとまで約束してくれたのだ。

そして実母の行方だが、二人が留学中に善蔵が探すと約束してくれている。

ただ、幼い望の虐待を放置し、挙げ句半ば捨てる形で逃げたことに変わりはない。なのでもし母が見つかっても、すぐには会わせられないし、会うことも許さないと釘を刺されていた。

世間に疎い望でも、大旦那がどうして実母との接触に難色を示すのかくらいは理解しているつもりだ。一度、悪い男に引っかかってしまった経緯がある以上、二度目がないとは限らない。

とくに母のような弱い女性は、甘い言葉に流されやすい。

もしもまた、たちの悪い男と暮らしていた場合、安定した生活をしている望に、金の無心をしてくる可能性は十分にある。

大旦那の説明は尤もだったので、望は母に対して心苦しく思ったけれど『八沢は二度と、自分たちの前には現れないから安心して生活してほしい』と伝える事を約束してもらった。その上で、母の居場所を知らされても、帰国してから勝手に会わないことに同意したのである。

周囲が望の身を心から案じてくれているのは分かるので、大旦那達の言い分も頭では理解したつもりだ。

――これ以上、他の人に迷惑をかけない為だって分かってる。けれど……。

大旦那や芳秀の前では、母に関する件は納得したというふりで通している。だが松倉と彼の父が再会する場を目の当たりにして、少しばかり望の心は揺れてしまった。

「その様子だと、また一人で考え込んでしまっているね」

「……いえ……。こんなに幸せでいいのかなって、思ってただけで。松倉さんは夢じゃないって言ってくれたけど……」

途切れた言葉は、松倉の唇に消えていた。

不意打ちで口づけられた望は、至近距離で彼と見つめ合う。

視界の全てが松倉だけになり、まるで彼と二人きりの世界に放り込まれたような錯覚を覚える。

「望が納得するまで、何度でも言うよ。私が君を愛していること、みんなが君を大切に思っていること。その全ては夢なんかじゃない」

「……はい」

「善蔵さん達が君の将来を思ってしている事に、不満を感じる時もあるだろう。望君にしてみたら、辛い選択だからね」

何故、松倉は自分の心を見抜けるのかと望は小首を傾げた。

「君は考えが顔に出るんだよ。――ともかく何年も蟠っていた事を、すぐに整理をつける事なんてできないだろうから、留学中に沢山考えてみればいい。どちらにしろ、最低でも一年は離れてしまうのだからね」

確かに松倉の言うとおりだ。母の居場所が分かっても、留学中の望が途中で帰国などできはしない。

「ミルクを温めるから、そこに座りなさい。寒いとどうしても、悪い方向にばかり考えが向いてしまうから、体を温めないとね」

促された望は、厨房に置いてある簡素な木の椅子に腰掛ける。客室などは前の住人が置いていった家具を使っているが、松倉が主に使う厨房とレストランの内装は彼が全て選んだ物だと教えられていた。

西洋の家具にはまだ慣れない望だけれど、彼の選んだという家具類はさわり心地が良く、この椅子もずっと前から使っていたかのように座りやすい。

テーブル越しに、ミルクを温めている松倉の姿をぼんやりと眺めながら、望は綿入れと襟(えり)巻きを取る。

――こうしてると松倉さんと出会って半年も経(た)っていないのに、ずっと一緒に暮らしていたような気持ちになる……夢じゃないって言ってくれたけど、やっぱり僕には分不相応だ。

既に留学の手続きは終わっており、来週には出発だ。

今更行かないと言い出す方が迷惑になる事くらい、望にも分かる。

この家も二人が戻り次第すぐに生活が再開できるように、留守中は大河屋が管理する事で話は纏(まと)まっている。

留学に関しても、二人で住める住宅の手配や修業先のレストランなども、四箇田(しかだ)がフランスで暮らしている友人に掛け合い、良い物件を探してくれた。

これが全て松倉の為なら、納得もできる。

けれど当然のように望の入学する学校の説明書や、入国手続きも含まれているのだ。

同行するのだから当たり前と言えばそうなのだけれど、自分があくまで使用人の身分だという感覚を捨てきれない望はどうにも居心地が悪い。

物思いに沈んでいた望は、温められたミルクの香りに顔を上げる。白地に明るい色の花が描かれたカップは、眺めているだけでも心がほわりと温かくなる。

はす向かいの椅子に腰を下ろした松倉から湯気の立つカップを手渡され、礼を言って口を付ける。

「どうだい？」

「——甘い、です」

「蜂蜜（はちみつ）を多めに入れてみたんだけど、以前に比べて大分味が分かるようになってきているね。良かった」

舌の上に淡く広がる蜜の甘さに、望は微笑（ほほえ）む。まだぼんやりとでしかないけれど、着実に味覚は戻ってきていた。

今の自分は、まるでこの蜂蜜の溶けたミルクの中にたゆたっているようだと望は思う。皆から優しくしてもらい、恋人の松倉からは惜しげもなく愛情を与えられている。

いくらか気持ちが解（ほぐ）れたと察したのか、松倉が来週に迫った渡欧の事に話題を変えた。

「出発が待ち遠しいね」

「僕もです。松倉さんと大河屋の為に、沢山勉強しないと。僕が戻ったら、本格的に西洋の品を扱うんだって、芳秀兄さんも張り切ってるんですよ」

色々なものを見聞きし、自分にできる限りの知識を得て帰国しなくてはならない。留学は嬉しくもあるが、人生の大半を大河屋の中で過ごしてきた望にとっては全てが未知だ。不安はあるが、弱気になってはいられない。

「勉強もいいけれど。私は君と、早く二人きりになりたいな。知ってるかい、望。向こうの習慣で、ハネムーンというものがあるんだよ」

「はね、むーん？」

初めて聞く言葉に、望はきょとんとなる。

留学の話が決まってから、渡欧しても困らないようにとの大旦那の配慮で、仕事の合間に洋書の本を借りて勉強をした。

それと欧州の文化に詳しい徳治郎が、買い付けに来るついでに最低限の挨拶は教えてくれたりもしたので、簡単な単語程度なら分かる。

しかし異国の細々した習慣などにはまだ疎いから、長期にわたる生活に対して不安はあった。

そんな望の不安など知ってか知らずか、松倉はとんでもない事を口にした。

「新婚の二人が旅行に出て、昼夜を問わず体を重ねて愛を確かめ合うんだ」

「知りませんでした」

随分と刺激的な習慣があるのだと知り、望は頬を染める。しかしそれだけで、松倉の話は終わらなかった。

「私は望とハネムーンに行くのが楽しみでならないよ」

「あの、松倉さんと僕は勉強をしに行くんですよね」

冗談としか思えない言葉に思わず望は聞き返してしまうが、返されたのは整った面立ちでの苦笑だ。

「君は真面目だな。そんなに気を張らなくてもいいんだよ」

「ですけど。留学費用も全部松倉さんと大旦那に出してもらってますし。成果を出さないと、申し訳ありません」

「望は私と夫婦らしく、愛欲に耽るのは嫌なのか？」

「え……」

直接的な物言いに、望は恥ずかしくて泣きそうになる。

ベッドの中でなら希にこうした意地悪はされてきたけれど、ここは厨房だ。仕事場で艶事の話を振るなんて、望からすると罪悪感すら覚える発言だった。

返答に詰まる望に、松倉が追い打ちをかけるような言葉を続ける。

「君がどうしても、嫌だと言うなら諦めるしかないけれど……悲しいな」

優しいが、雄の欲を滲ませる視線に捕らわれ望は目元を赤く染めて俯く。感情が流されてしまいそうになるけれど、ここで頷いたら駄目だと考えて勇気を振り絞る。

「嫌ではないですけど、そんなはしたない事ばかりするのはいけません。僕達は、勉強優先で……」

「望、それ以上は言わないでほしいな」

静かだが、有無を言わせない感情が声音には籠(こ)もっていた。

――松倉さんに嫌われた。

出過ぎた意見だ。

松倉が居なければ今でも自分は味が分からないままで、いつ現れるともしれない八沢に怯(おび)えて暮らしていただろう。

なのに彼の望みを否定するようなことを言ってしまった自分に、自己嫌悪を覚えるがもう遅い。

「部屋に来なさい」

「……すみません、出過ぎた物言いをしてしまいました」

椅子から降りて土下座しようとするが、そんな望の腕を松倉が摑(つか)んで強引に立たせた。

「君には、口で言っても分からないようだから。体に直接説明しよう」

無言で抱き上げられ、望は彼の私室へと運ばれる。怒っているような、思い詰めたような松倉の表情に望も黙るしかなかった。

松倉の部屋に連れて行かれた望は、ベッドへ降ろされるなり直ぐに着物を取り去られてしまう。

その間にも呼吸まで奪うような激しい口づけと愛撫を施されて、やはり自分は彼を酷く怒らせたのだと確信する。

「望は私が嫌いなのか？　立場を気にして、仕方なく抱かれているというなら正直に言って欲しい」

「そんな、こと……ありません。ただ……」

「ただ？」

既に松倉は、店を構えて経営できるほどの能力と人脈を持つ。

一方自分は、大河屋の手代でしかない。

彼を支える為に、学ぶことは多すぎる。松倉を伴侶として支えたいのなら、寝る間も惜しんで新しい知識を身につけるのが当然だ。

けれど松倉は、伴侶として振る舞って欲しいと望に告げる。彼の要求を満たすのと、勉学を同時に行うなど自分には到底無理だ。

全てをそつなくこなす松倉にこんな泣きごとを言えば、呆れられてしまうだろう。けれど誤魔化したまま留学をすれば、事態はもっと悪くなる。

望は意を決して、自身の至らなさを伝える。

「本当は、松倉さんに甘えたいんです。でもこれ以上好きになって良いのか、甘えてしまって良いのか……考え出すと、分からなくなるんです」

常に望は、世間に対して可能な限り控えめに、そして迷惑をかけないようにと心がけて生きてきた。大旦那の言うことを聞き、これからの生涯は大河屋を支えるためだけにあるのだと、信じて疑わなかった。

それが突然、松倉という恋人ができただけでなく、揃いも揃って『我が儘を言いなさい』と勧めてくる。

「せめて足手まといにならないように、勉強だけでもしっかりしなくちゃと思って——でも」

唇に松倉の長い人差し指が触れて、続く言葉を止められた。

「浮かれすぎて、君を追い詰めてしまっていたようだね。すまない」

どうして松倉が謝るのか分からず、望は黙って彼を見上げる。

「芳秀達も、望が自分で物事を考えられるようになったから、もう大丈夫だと思ってこれまであえて伏せていた将来のこととかを話したんだろう。他人の事ばかりを考えすぎてしまうという、君の根本的な問題点が治ったとばかり思ってしまった」

「松倉さん……」

「私は君に支えられている。留学を決意したのも、君の存在が大きいんだ。確かにあの事件がきっかけの一つではあるけど、望が笑顔になる料理を作りたいと思ったから、改めて本場での勉強を決意できたんだよ」

与えられるばかりだと思っていた望は、自分がいることで彼の考えを前に進める手伝いができているのだと教えられ涙ぐむ。

——恩を全部返すのにはまだ足りないけれど……こんな僕でも、少しは役に立ってるんだ。

彼と出会うまで、自分が誰かの『特別』になれるなんて思っていなかった。虐待を受けた記憶は未だ望の心に影を落としており、すぐに回復はしないことも松倉は理解してくれている。

ふとした瞬間に、自分が『汚い存在』だと思い詰める事もある。

——でも松倉さんは、僕でいいって言ってくれている。

これ以上の自己否定は、彼の気持ちを否定することにも繋がってしまう。

それだけはしてはならないと頭では分かるけれど、すぐに気持ちを切り替えられるものでもない。

望の葛藤を見透かしたように、松倉が慈しむような触れるだけの口づけを繰り返す。それだけで、望の体も心もとろとろになってしまう。

「自惚れだけれど、私は君と互いに支え合える存在になれると信じている」

「僕は一樹さんがいなかったら、一生味が分からないままだったと思います。一樹さんの支えがあったから、前向きになれたんです……だから、自惚れなんかじゃありません」

伝えなければという一心で、望は彼への感謝を口にした。そして無意識に両手を強く握りしめ、松倉を見つめる。

甘く幸せな事ばかりで、未だに自分の立ち位置が分からず混乱しているのは否めない。けれどもう少しだけ、自信をくれた彼の言葉を信じようと思う。

「僕は、松倉さんの伴侶になっても……いいですか？」

「君は私の、大切な伴侶だ」

即答に、望の目尻から涙が零れた。

何度も言われた言葉だけれど、聞く度に嬉しくて胸が締め付けられたようになる。

「側にいても恥ずかしくないように、頑張ります」

「決意はとても嬉しいよ。けれどね、望にはもっと甘えて欲しいんだ」

「えっ……ひっぁ」

愛撫が再開され、松倉が望の脚を持ち上げて左右に開かせた。少し強引だけれど、触れ合っている部分と彼の視線から惜しみない愛情が伝わる。

だから望も大人しく彼のするに任せて、秘所をさらけ出す姿勢を取った。すると松倉の片手が後孔の入り口を撫で、つぷりと指先を挿入する。

「今回の留学は、君とのハネムーンも兼ねているんだ。それは芳秀も承知している」

「でも……あっ――はね、むーんは……止めましょう……んっ……べんきょう、も……っ」

どうやら先程の発言は、冗談ではなかったらしい。

「君をもっと乱して、私のことしか考えられなくしたいんだ」

既にこの身は、彼の色に染まりきっている。その証拠に――。

――指、入れられただけでもう……感じてる。

これから与えられる雄が待ちきれないとでもいうように、肉襞が指に絡みついてるのが自分でも分かってしまう。

数日おきに肌を重ねているだけでも、望の体は十分すぎる程に淫らになっている。なのに松倉は、これ以上の交わりを求めているのだ。

「指だけで、大分感じてるようだね。動かしても大丈夫かな？」

「……はい」

恥ずかしい問いかけにも、望は健気に返事をする。

感じる部分も隅々まで知られて、愛されてしまっている。彼の手も唇も、触れていない場所なんて残っていないのに松倉はまだ足りないと言う。

「僕は、もう……一樹さんに全てを捧げているから……はねむーんは、しなくて平気です」

そんなはしたない目的の旅行は必要ないと言外に伝えるけれど、松倉は納得しなかったようだ。

「嬉しいことを言ってくれるんだね。けれど、さっきみたいに悩ませてしまう間は、まだ私の愛が足りていない証拠だよ。だからね、望。もっと私を欲しがっていいんだ」

「そんな……ひっ、あぁ」

内側の敏感な部分を指の腹で押され、望は悲鳴を上げて背を反らす。シーツを掴む指先が白くなるほど力が籠もり、上り詰めそうになる。

けれど松倉は決定打を与える前に、あっさりと指を抜いてしまった。

「いやっ、抜かないでくださ……」

はしたなく強請(ねだ)ってしまい、自分の失態に気付いた望は赤面して口を噤(つぐ)む。

「それでいいんだよ。慎ましい君も可愛いけれど、淫らに求める君も私は愛しているんだから、そんなに恥ずかしがらなくていいよ」

「一樹さん」

「それに、指じゃもう物足りないだろう？」

松倉の指摘通り、望の体は雄に擦(こす)られて迎える絶頂を覚えてしまっている。指や自慰では得られない激しい刺激を求めて、体が疼(うず)くようになっていた。

ズボンの前を寛(くつろ)げた松倉が、蜜を零す望の中心にそれを重ねる。

「こうして擦るのも望は好きだけれど、今は挿れた方が良いだろうね」

焦(じ)らすように屹立(きつりつ)した雄を擦り付けられ、望はたまらず何度も頷いた。

「お願いします、一樹さん。早く……んっ」

奥までゆっくりと埋められていく雄に内部が歓喜し、ひくひくと下腹部が震える。根元まで嵌められると、臍の下辺りに彼の脈動を感じる。体の芯まで、彼に愛されているのだという実感がこみ上げてくる。

――僕の体……はしたなくなってる。

先端の当たる部分が、きゅんと疼く。射精を期待してると自覚してしまうけれど、完全に蕩けた体は恥じらうことも忘れて淫らに快感を強請り始めた。

痙攣する襞が雄を食い締め、望の意志とは関係なく射精を強請る。

「あっ……ふ……奥、弱いから……」

「知っているよ。望が一番気持ちよくなれるように、愛してあげるからね」

張り出した部分を敏感な場所に押し当て、松倉が望の腰を軽く揺らした。それだけで望の肌はふわりと火照り、軽く達してしまう。

最近は松倉が射精するまで、我慢ができない。それどころか、挿れられただけで望の方が達してしまう事もある程だ。

「あっぁ……や、んっ」

中心から放たれた蜜が、桜色に染まった胸の突起まで飛び散る。痴態を見られていると自覚はあっても、体の反応を止められない。

「敏感になったね」

嬉しそうな松倉の声に、羞恥と歓喜がない交ぜになった感情が胸に満ちる。彼が喜んでくれるのなら、どんなことをされても構わない。

ただ、彼の与えてくれる快楽が気持ちよすぎて、自分ばかりが貪るのも失礼な気がしてどうしても望は悩むのだ。

「一樹、さん……すきに、して……ぁっ」

腰を僅かに浮かせて、雄が動きやすい姿勢を取る。張り出した部分が内壁を刺激し、望は強く雄を締め付けた。

「ここも、お強請りの仕方が上手になったね」

繋がっている部分を指でなぞられ、背筋がぞくぞくと震えてしまう。

「これ以上恥ずかしい体になったら、きっと一樹さんは僕のことを嫌いになります……淫らで汚くて、ごめんなさい」

「そんなことはないよ――あのね望、ハネムーンは日本語に訳すと『蜜の月』という意味になるんだ」

幾らか強い口調になった松倉に、また何か彼を怒らせるような事を言ってしまったのかと望は身構える。

「だから私は、ハネムーンの間に君を蜜のように甘く溶かしてしまおうと思う」

「かずき、さん？」

「君は汚くない。例えるなら、甘くて可愛らしい砂糖菓子だ」

閉じられなくなった唇を舐められて、望は息を詰める。些細な愛撫でも、体は過剰な反応を示す。

それが恥ずかしくて止めたいのに、頭の中は淫らな快楽を貪る事ばかりに支配されていく。

「でも、今だって……もっと一樹さんが欲しくて、我慢できないから、はねむーんなんて必要ない、です……」

「素直になってくれて、嬉しいよ望。私がそんな望を見たいんだからね」

「そんな……ひ、あ」

「もっと脚を開いて、そのまま私の腰に絡めてごらん」

恥ずかしいけれど彼に反抗する気持ちなどないから、おずおずと言葉に従う。

「望の一番奥を、気持ちよくしてあげるから大丈夫」

艶のある笑みを向けられ、望はぼうっと見惚れたまま言われた通りの体勢を取り、更に深くまで雄を受け入れる。

「あ、ぅ」

また射精していない雄が、硬度を増した。松倉も限界が近いのだと知り、望は彼の背に手を回してしがみつく。

「奥を沢山擦って、出してあげるからね」

「言わ、ないで…くださ……やんっ」

両手で腰を摑まれ固定された状態で、最奥を小突かれる。快楽から逃れる術をなくし、甘く喘ぐ望を、松倉が丁寧に追い詰めていく。

「も……むり、です……許して、一樹さんっ」

緩い絶頂が何度も続き、もう蜜を放つこともできない。なのに後孔は雄を食い締めたまま快感を強請り続けている。

いくら愛されても、もっと欲しいと思ってしまう自分は貪欲だ。

——こんなはしたないのに、いいの？

そんな望の気持ちを見透かしたように、松倉が薄く笑う。彼にしては珍しく、意味深な表情に望は僅かだけれど理性を取り戻した。

「向こうへ着くまでに、もっと私の形を馴染ませないとね。私なしでは、いられない体にしてしまおうか……そうだ、望。誰に言い寄られても、断るんだよ」

「そんな、こと……ありません。僕なんかに、声をかける人なんて……」

「君は自分の外見が魅力的である事も、自覚した方がいい」

息が詰まりそうなほど強く抱きしめられ、望は松倉と一つになってしまったような錯覚を覚えた。

しかし松倉は、まだ足りないとでも言うように意外な事を口にする。

「日本に残していくのが恐かったから、君を連れて行きたかったんだ。でも向こうで、君が口説かれたり心変わりしないか心配でね。情けないだろう」

耳元で囁く松倉の表情は窺えない。

でも彼が自分を求めてくれる気持ちは痛いほど伝わってきたから、望は恥じらいながら自分の思いを告げる。

「僕には、一樹さんだけです。これからもずっと……愛してます」

「男の嫉妬にも、君は優しいね」

軽く小突くだけだった動きが、激しい律動へと変化する。奥を抉るように突き上げられ、望は再び快楽の中へ落とされた。

「あっあ……っ」

「愛してるよ、望」

根元までぎっちりと嵌めた状態で射精され、全身が歓喜に震える。

——……すき、かずき……さん……。

声に出したつもりだったのだけど、喉はすっかり掠れていて悲鳴のような音が僅かに漏れただけに終わる。それでも松倉は望が伝えたい事を理解してくれたのか、優しい笑みを向けてくれた。

停泊している巨大な船を、望はぽかんとして見上げていた。

港には乗船を待つ旅人だけでなく、見送りの家族や積み荷を運び上げる人夫でごった返している。

その喧騒は、お祭りの熱気にも似ていて、気を抜くと人混みに流されてしまいそうになるほどだ。

——本当に僕は、松倉さんと一緒に留学するんだ。

改めて旅立つのだという実感がこみあげてきて、望は無意識に両手をぎゅっと握りしめる。緊張と興奮で頬が火照り、気持ちが浮き足立つ。

荷造りや、仕事の引き継ぎなどをしていたら日々はあっという間に過ぎて、気がつけば今日が出発の当日だ。

「倉庫の仕事の時に、何度か見てるだろ。ほら、ネクタイ曲がってるぞ」

着慣れない洋装のネクタイを直してくれるのは、見送りに来た芳秀だ。大河屋の奉公人仲間は流石に来られないので、代表して芳秀が付き添ってくれている。

「そうですけど。こんなに船の近くまで来たのは初めてだし。それに自分が乗るって思ったら、急に恐いっていうか緊張してきちゃって」

　望の『恐い』という言葉を聞いた途端、芳秀が眉を立てる。

「望、嫌なら残っても良いんだぞ。あんなケダモノと一年以上も二人きりなんて、お兄ちゃんは心配で心配で……」

「誰がケダモノだって？　望は私の大切な伴侶だ。残していくわけがないだろう」

　見送り人の控え室で善蔵と徳治郎の相手をしていた筈の松倉が足早に近づいてきて、二人の間へ割って入る。

「ったく、伴侶って公言した途端お前が望に何をしてたか俺にはお見通しなんだからな。わざと見える場所に、口づけの痕をつけやがって。ネクタイ締めてないと、丸見えだったぞ」

　だから先程から、芳秀が首回りをしきりに直していたのだと気づき、望は赤面する。しかし元凶である松倉は、平然としていた。

「悪い虫が付かないよう、牽制だ」

「……望、こいつと居るのが嫌になったら、手紙を出せ。俺が迎えに行ってやるからな」

「部外者が口出しするな」

「煩い！　無垢な弟を汚しやがって」

　こんな時まで口論する二人を、望は唖然として眺めていたけれど、次第に涙がこみ上げてくる。

表情の曇った望に気付いた二人は口論を止め、慌てた様子で松倉が顔を覗き込む。

「どうしたんだい、望？」

「だって、芳秀兄さんと松倉さんの喧嘩も……暫く聞けないって思ったら、なんだか胸が苦しくなって……」

一時的とはいえ、別れは辛い。それに旅の経験のない望にとって、言葉の通じない欧州へ向かうのはやはり不安もある。

「大丈夫だ。一樹はケダモノだけど、まあその……いざって時には頼りになる。そんな心配するな。あのよ、一樹――望を頼んだぞ」

ぐしゃぐしゃと頭を撫でてくれる芳秀に、望は笑顔を浮かべた。隣に立つ松倉も、友人の言葉が照れくさいのか苦笑している。

「大切な望を心細い目に遭わせたりはしないさ。約束する」

頷く二人の背後で、客船が汽笛を鳴らす。乗船を開始する合図だ。

「見送り場が混む前に、親父達を呼んでくる。望と一樹はさっさと乗って、見やすい位置を確保しとけよ」

そう言って芳秀が、人混みへと駆け出す。するとさりげなく松倉が望の肩を抱き、客船のタラップへと歩き始めた。

「いよいよ、なんですね」

これからどんな事が待ち受けているのか、望には想像もつかない。でも、松倉と一緒であればきっと乗り越えられると信じている。

「これから楽しいことばかりなのに、そんな緊張してたら意味がないよ」

「楽しいこと?」

またハネムーン云々を持ち出されるのかと思い、望は少し目元を赤らめる。

「君が想像していることも楽しみの一つだけど。特に愛しい相手となら、行き先は何処でも楽しいに決まってる」

「松倉さん……」

後ろ向きになりがちな望の考えを、松倉は優しく修正してくれる。

──そうだよ。松倉さんと一緒なんだから不安なんてない。

肩に回された手に自分の掌を重ね、望は頷く。

そして二人は、客船へと伸びるタラップへ足を踏み出した。

芳秀兄さんの憂鬱な日々

望の渡欧が正式に決まってから、十日が過ぎていた。

大店『大河屋』の跡取りであり、望の兄を自称する芳秀は店の奥に椅子を持ち込んで帳簿を眺めている。何も知らぬ奉公人が見れば、遊び回っていた若旦那がやっと勉強を始めたと喜んだだろうけれど、百戦錬磨の番頭には通用しない。

「若旦那。望の事が気になるのは分かりますが、あいつは仕事の引き継ぎで忙しいんですよ。邪魔しないで下さいね」

「ああ」

聞いているのかいないのか分からないような生返事をして頷く芳秀に、源三がため息をつく。

芳秀の視線の先には、独楽鼠のように忙しく走り回る望の姿がある。取引先の帳面を確認し、留守の間に代わりを務めてくれる者への指示を出す。その間も、若い丁稚達が少しでも望の知識を得ようと質問攻めにしている。望はどんな些細な問いかけにも律儀に答えており、芳秀が声をかける隙もない。

「そこにいても構いませんけど、くれぐれも私らの仕事の邪魔はしないで下さいよ。他の者にも示しがつきません」

それでも立ち上がる様子のない芳秀に諦めたのか、源三は『望は六時には上がらせますから』と言い置き、丁度入って来たお客の相手をするために側を離れる。

恐らく、望が留学をしてもこの大河屋の日々に変化はない。番頭以下、優秀な奉公人達は真面目に仕事をしてくれるし、彼らとの軋轢も今はない。大阪にも支店を持つ程の大店が、悪い噂の一つも立たず順調に栄えているのは、ひとえに父である善蔵に人望があるからだ。

自分は父を超えるなどという大それた野望こそないが、築き上げた店の信頼を崩さず保つのが、跡取りとしての使命だと考えている。

父の勧めで大学に通いつつ、店のしきたりや新しい取引先の開発などをしているが、面倒ばかりで投げ出したくなる事もある。そんな怠け癖のある芳秀がどうにか若旦那としての名目を保っているのは、ひとえに望の存在があったからだ。

——思い返せば、親父が望を引き取るって決めてから色々あったよな。

父の善蔵が望を丁稚として引き取ったのは、丁度七年前。芳秀が十四歳で、望が十歳の時だ。世間などまだまだ知らず、両親から愛情を十分にうけて育った芳秀にとって、望との出会いは衝撃以外の何でもなかった。

農村から半ば売られる形で丁稚奉公に来る子供もいたが、彼らは故郷に錦を飾るという僅かな望みを抱いていた。けれど望の目には絶望の感情しかなく、大人に対して無条件に服従を示す姿は異様としかいいようがなかった。

——あの望が、一樹が一緒とはいえ渡欧したいなんて親父に言えるようになったんだもんなあ……。

　自分の意見など一言も口にしない望は、ある意味、理想的な奉公人だ。もしも望の母が頼った店が『大河屋』でなければ、望は身を寄せた先の店主に死ぬまでいいように使われていた可能性が高い。第一、店が雇った奉公人をどう使おうと、文句を言う者などいないのだ。

　しかし奉公人を家畜のように扱う店が多数を占める中で、『大河屋』は店ができた当初から珍しい訓示を出していた。それは「奉公人を蔑ろにするべからず」という、一風変わったものである。

　当時、芳秀の通っていた私学には商家以外にも使用人を多く抱えた華族や士族の子息が多くいた。身分の差もあり、華族や士族の子供達と対等に話をすることはなかったものの、学友全員に共通している考え方はあった。それは『奉公人や使用人は、自分たちの道具である』という認識。

　日頃から父に『彼らに支えられて店が成り立っている事を忘れるな。使用人が居なければ、店は成り立たない』と厳しく言われてきていた芳秀には彼らの考えを理解することは難しかった。

　しかしあえて反論し、学友と険悪になっても意味はない。卒業後も縁が続くだろう学友は、商家で一番大切な『上客』に変わる可能性がある。下手に反発して彼らとの間に溝が生まれれば、客どころか僅かな縁すら逃す事に繋がると理解していたので、そういった話題になると曖昧に笑って誤魔化したのを覚えている。

だが内心では、良い事ではないと芳秀なりに理解していたので、家では無闇に使用人を下に見たりはせずにいた。

下らないことで立場が下の者を叱るのは馬鹿馬鹿しい事だと気づいてもいたし、その頃には番頭達の仕事ぶりを理解し、素直な気持ちで尊敬もしていた。芳秀が父に言われずとも、彼らの上に立つものとして恥ずかしくない振る舞いをしようと心がけるようになったのもこの時期である。

『若旦那』と特別扱いされつつも、番頭達に混じり仕事を覚えようとする姿は使用人たちからは好意的に受け止められていた。だがそんな芳秀も、どうやって学べばいいのか分からない事が一つだけあった。


『大河屋の跡取りとして何より大切なのは、使用人達を守ること』

とは言われても、何をどうすることが使用人を守ることに繋がるのか若い芳秀には今ひとつ分からない。確かに、社会的に立場の弱い彼らは『大河屋の奉公人』という後ろ盾を持つことで守られている面がある。特に田舎から奉公に出てきた子供達は、本来頼れる両親から引き離されているので、雇い主である『大河屋』の名に縋るのは理解できた。

しかし芳秀からすれば、年若い彼らの方が自分よりしっかりしているし、守るといっても具体的にどうすればいいのか想像できない。

そんな時、望が引き取られたのだ。

初めは可哀想だからと見守るついでに、これまでの奉公人とは違う望の相手をしていれば大河屋の跡取りとして勉強になると思った。でも望が落ち着いて話ができるようになると、自分や他の奉公人よりよっぽど頭がいいと思い知らされると同時に、なんとも情けない事を己はしていたのだと芳秀は打ちのめされたのである。

——あの時は勉強になるっていう自己中な考えもあったけれど、弱い立場の望を支えることで優越感もあったっけな。

自分を恥じた芳秀は雇い主の息子という意識を捨て、対等な者として望と向き合おうと決めた。反省し謝罪する芳秀に対して、望は怒りも呆れもしなかった。それどころか、恐縮した様子で身を竦ませ首を横に振り言ったのだ。

「芳秀様にはお世話になってますし。謝って頂くようなことはなにもありません」

頭の良い望は、芳秀が自分に優しく接することで奉公人達への配慮の仕方を学ぼうとしていると分かっていたらしい。

この返事を聞き、芳秀も望にはどれだけ謝っても、『若旦那である芳秀』を立ててくれると気づいてしまった。そして、このままでは望は二度と誰にも心を開くことはないだろうと確信もする。

それは嫌だと、単純に芳秀は思った。

考えるより先に言葉が出る芳秀は、仕事に戻ろうとする望を引き留めて一つの提案を持ちかける。

「分かった。今日から俺の事は実の兄だと思え」

弱い立場の望を庇護(ひご)するのではなく、弟として守りたいのだと続けた。それは芳秀なりの謝罪の形であり、同時に望との関係を保つ意味もあった。

突然の事に意味が分からなかったらしく、望が只でさえ大きな瞳を更に見開いた。使用人に対する態度の勉強など関係なく、真っ直(まっす)ぐに向き合いたい。そう真摯(しんし)に伝えると、やっと望は芳秀が本気だと理解したらしく、狼狽(ろうばい)の表情を浮かべた。他にも方法はあるのかも知れないけれど、芳秀は兄弟になるという提案しか思い浮かばない。

なので根気よく説得を続け、最終的にこの言葉で望の首を縦に振らせた。

「大河屋を継ぐ俺に相応(ふさわ)しい、弟になってくれ」

「はい、僕で……よければ……」

根負けした望が頷いた瞬間から、かなり変わった兄弟関係は成立し、そして月日は流れる。

望は本当に良い子供で、二人で居るときは実の兄のように慕ってくれた。

それは兄弟のいない芳秀にとっても新鮮な感覚で、二人が打ち解けるのにそう時間はかからなかった。

おっとりして頭の良い弟。芳秀の話には真剣に耳を傾け、仕事が終われば後をついて回る。

当初は良い顔をしない者もいたけれど、望が取り入ろうという下心なく芳秀を慕っていると認識されてからは、微笑ましく見守られていた。

けれど、そんな暖かい日常も、『恋』という名の魔力により一瞬で壊れてしまったのである。

——素直で可愛い弟が、あんなケダモノに攫われるなんて……。

一樹の性格はなんだかんだ言いつつも気に入っているし、信用できる男だと知っている。

未だに納得いった訳ではないが、望が彼の側に居たいと言うならば応援してやりたい。

「芳秀兄さん？」

どうしようもないジレンマに頭を抱えていた芳秀は、心配そうな声に慌てて顔を上げた。

「あ、仕事終わったか？」

「源三さんから、兄さんが呼んでたって聞いて来たんですけど……なにかご用ですか？」

「急な用じゃないんだけど。少し、話できるか」

「平気ですよ。今日は松倉さんの所へは帰りませんから」

——帰らない。か……。

無意識に口にしたのだろうけど、望の中では松倉の側に居ることが自然なことと認識されているのだ。少しばかりの嫉妬と寂しさを胸に押し込めて、芳秀は問いかける。

「喧嘩でもしたのか？」

「いいえ。留学の前に、奥様の手料理が食べたくて。我が儘を言って今日は大河屋で頂く事にしたんです」

味覚のない望に配慮して、母があれこれと気を遣っていたのは皆が知っている。結果として、望の味覚を戻したのは松倉だが、食事という生きていく上で大切な習慣を望から欠落させなかったのは、ひとえに母の努力のたまものだ。

母も望の味覚が僅かながら戻ったと知り、涙を流して喜んでいたから、実際に食べさせて味を伝えたいのだろうと察する。

「そっか。じゃあ、今夜はお兄ちゃんの部屋に泊まっていけ」

「そんな……大旦那様に叱られます。寝室は、みんなと同じ大部屋の端を使わせてもらうつもりでいましたから、大丈夫ですよ」

「いいって、今日は特別だ」

大河屋に引き取られた当初、望は芳秀と共に寝起きしていた。それは身も心もぼろぼろになっていた望を見かねて、芳秀が言い出したことだった。

せめて体調が落ち着くまでは大部屋で共同生活をさせるのは酷だと主張し、医師から望の虐待を指摘されていた善蔵は多少渋りはしたものの最終的に承諾したのである。

大抵の子供は特別扱いを受ければ、その境遇から追い出されるのを嫌がるものだ。けれど、正式に奉公人として働き始める望は特別扱いは許されないと自ら申し出て大部屋に移動した。

程なく望は、善蔵と芳秀が危惧したとおり虐めを受け始めた。それから暫くは若旦那に贔屓されていると陰口を叩かれ、話し相手もいない状態が続いたらしい。仕事に支障が出ないように善蔵も気にかけていたが、大事にならない限り使用人同士の諍いは当人達に解決させるのが暗黙の了解だった。

だが望からすれば、同僚からのやっかみなど義父の虐待に比べれば気にもならなかったのだと、最近教えられて驚いたのを覚えている。

幸い、すぐに仕事を覚えて、望は実力で虐めを止めさせることに成功した。

――けど、本人は見返してやるとかそんな意識もないから不思議だ。

仕事に没頭したのは、あくまで大河屋に恩を返すためだと、望は言って憚らない。それまで虐めていた同僚に対しても、芳秀から見たら卑屈とも思える対応をする事が多々あった。

恐らく、望の心に残る虐待の記憶が、過剰な自信のなさとなって現れているのだろうと芳秀も気づいていた。しかしそれ以上に辛かったのは、問題を抱えながらも真剣に生きようとする望を、『勉強道具』として認識していた己の未熟さだ。

周囲からは望の兄貴分として見られている芳秀だが、本人だけがその望に追いつこうと未だに努力している。そしてその努力の結果が実らないうちに、弟は親友に掻っ攫われて留学まで決まってしまった。

「そういえば芳秀兄さんも、別宅の方には帰らないんですか？」

ふと思い出した様子で、望が首を傾げる。八沢達とのごたごたがあった際に寝泊まりをした一軒家は、芳秀の持ち物だ。

「あっちは暫く、行かないつもりだ。仕事をするには、店で寝泊まりした方が便利だしな」

八沢の件で情緒不安定になった望をかくまって以来、芳秀はなんとなく別宅へ行くのを止めていた。結局、兄だなんだと偉そうにしていながら、隠れ場所を提供することしかできなかった自分の不甲斐なさに、嫌気が差したのだろうと自己分析してみる。

あれから店のある本宅に居るわけだが、通勤時間など無いも同然になったので自然と仕事に打ち込むようになった。それでも番頭達に言わせれば、『まだまだ』という感じらしい。

「とりあえず、広間の方に行こうぜ。そろそろ飯だろ」

「はい」

望を促して、芳秀は皆の食卓でもある広間へと向かう。大河屋の夕食は、仕事のある者以外は店主も使用人も全員揃って食べるのが習わしだ。

久しぶりの大人数での食事に、望はいくらか緊張していたようだ。それでもなんとか完食したのを見計らって、芳秀は望の手を摑んで自室へと戻る。

「あの、奥様にお礼を……」

「明日にしとけ。今母さんにとっ捕まったら、朝まで思い出話に付き合わされるぞ」

あらかじめ女中に言いつけて運ばせておいた二組の布団を敷きながら、芳秀は苦笑する。自分もそうだが、両親は口にこそ出さないものの、この物わかりの良すぎる望を実の子供のように思っていたのは皆が知っている。

「――相応しい弟になれとか啖呵切ったのに、俺の方が相応しくなくなったなぁ」

寝間着の浴衣に着替えながら、芳秀は冗談交じりに呟く。

留学から戻れば、望は番頭の補佐として抜擢されるだろう。暖簾分けをしてもやっていける実力は十分あるが、善蔵が芳秀の右腕として当分は働いて欲しいと松倉に相談していたのを知っている。

事後承諾的に、そんな話し合いがあった事を松倉から聞かされていた芳秀は、益々自分と望の実力の差を思い知った形となった。しかし望に対する嫉妬心はなく、純粋な喜びの方が大きい。

「俺ももう少し、真面目に仕事しないと。残った奉公人達に逃げられちまう」

とはいえ、幾らか愚痴が混じってしまうのも仕方がない。すると、浴衣の帯を締めた望が急に真顔になり、布団を指さす。

「僕もお話があります。座って下さい」

「あ、うん」

いつになく真剣な望に、芳秀は大人しく布団の上に腰を下ろす。そして望も、向かい合う形で正座する。

「いまの僕があるのは、芳秀兄さんのおかげです」

背筋を伸ばし、真っ直ぐに自分を見据える望に芳秀は感動に近い感情を覚えた。

「芳秀兄さんのことは皆が慕っています。源三さんも、本心では芳秀兄さんが跡取りとして相応しいって思ってますよ。だからもっと堂々として下さい」

大河屋に来た当初、他人の顔を見て話す事もできなかった望。誰もが接客は無理だろうし、力仕事もこんな体では無理だと陰で囁き合っていた。そんな当時を知っているからこそ、望の変化には驚きを隠せない。

——立派になったんだな。これも、一樹のお陰か。

自分にだけ、本心を告げてくれるようになったのも数年前の事。それがたった二ヶ月程度で、こんなにも大人びた。自分にはできなかったことを、あっさりとやり遂げてしまった親友に対して悔しさがこみあげてくる。でもそれは決して嫌な感情ではなかった。柔らかな髪をわしわしと撫でると、望が頓狂(とんきょう)な声を上げる。

「に、兄さん？」

「俺に説教できるようになったか」

「すみません……」

途端に項垂れた望に、芳秀は慌てて付け加える。

「喜んでるんだよ、望。兄弟なんだから、腹割って話くらいできないとな。次の目標は、兄弟喧嘩だ！」

「喧嘩だなんて、そんな……」

「真面目だな望は」

笑う芳秀に、望は小首を傾げたまま困惑の眼差しを向けている。まだまだ、根本的には自身を卑下する癖は直っていないようだ。

くしゃくしゃになった髪を撫でて元通りにしてから、芳秀は改めて望と向き合う。

「親父から聞いてると思うが、向こうから戻ったらまた大河屋に勤めてもらうことになるけど身元保証人は一樹になる。姓も戸宮から松倉に変わる。意味は分かるな？」

「はい」

心なしか、望が頬を染めて頷く。

――なんか無性に、一樹を殴りたい。

これではまるで、娘を嫁に出す父親だと思いつつ、芳秀は必死に冷静さを保ちながら言葉を続けた。

「建前は養子って事だけど、まあ……望は一樹の嫁さんになるって事だ」

赤い部分が耳まで広がったのは目の錯覚だと、無理矢理自分に言い聞かせる。

「一樹はいけ好かない所もあるが、それなりにいい奴だ。芯も強いし、修羅場もくぐってるから多少の事には動じない……って、望が一番よく知ってるか」

「芳秀兄さんがそこまで信頼してる方なんだなって、改めて分かって。嬉しいし安心しました」

ほっと息をついて微笑む望を前にして、やはり一樹との結婚を認めて良かったと芳秀は思う。だが、どうしても望に伝えなければならない事がある。

「けど俺の立場としては、色々まだ納得いってない。手放しで祝福も無理だ」

「え……」

「そんな心の狭い兄からの頼みが二つある。これから話す事が、お前にどうしても伝えたかった事だ。心して聞けよ」

居住まいを正す望に対して少しだけ恐い顔を作り、一息に告げた。

「一樹と揉めたり嫌なことがあったら、俺の所へ来い。何があっても、俺は望の味方だ」

「芳秀兄さん」

「それと、絶対に幸せになれ」

望の瞳から、何の前触れもなく大粒の涙があふれ出す。

「相変わらず、泣き虫だな。お兄ちゃんは、心配だ」

「う……頑張って、直します……っう……」

大河屋に来た頃、望が棚の陰で泣いている姿を何度も見た。小さな肩を震わせて、悲しみに打ち震えていた望。幼い心に深すぎる傷を負っても、健気(けなげ)に生きようと藻掻(もが)いていた子供時代を、芳秀は一番近くで見守っていた。

——やっと、悲しむ以外の涙を流せるようになったんだな。

ここで貰い泣きをしては兄としての沽券に関わると考えて、芳秀はぐっと涙を堪える。

「勉強の成果、期待してるぞ」

「勿論(もちろん)です。一樹さんも芳秀兄さんも支えられるように、沢山勉強してきます」

「俺も望が戻ってくるまでに、跡取りとして相応しくなるように努力するよ。ああ、そうだ。帰国したら直ぐにでも婚礼を挙げられるように、白無垢と色打ち掛けを用意しておくからな。柄の希望があれば、出発前に言えよ」

「え、あの……ええっ」

再び真っ赤になって頬を押さえる弟を、芳秀は微笑ましく見守る。

その夜は数年ぶりに、二人で手を繋いで眠りについた。

あとがき

はじめまして、こんにちは。高峰あいすです。ルチル文庫では二冊目の本になります。相も変わらず、後書きが下手なのはかわっていません。

普段通り、読んで下さった皆様と支えてくれる周囲の方々へのお礼を書かせて頂きます。

最後まで読んで下さった読者の皆様に、お礼を申し上げます。少しでも楽しんで頂けたなら、とても嬉しく思います。

可愛らしいイラストを描いて下さった、竹美家らら先生。ありがとうございます。ラフで頂いた望を見る度に、にやけています。編集のＦ様。前回に引き続き、ご迷惑をおかけしてすみませんでした。生活改善を、心がけます……。お世話になっている家族と、友人のみんな。本当にありがとう。いつも長電話して、ごめんなさい。

今回は久しぶりに、『時代物』を書きました。とはいえ、『なんちゃって』という感じですが…。そして珍しく、攻の松倉さんの方が料理上手という設定でした！　いずれは望君も家庭料理くらいは作れるようになって、ほのぼの夫婦になってくれることでしょう。

それではまた、お目にかかれる日を楽しみにしています。

高峰あいす

✦初出　あまやかなくちびる……………………書き下ろし
　　　　あまやかなからだ………………………書き下ろし
　　　　芳秀兄さんの憂鬱な日々……………書き下ろし

高峰あいす先生、竹美家らら先生へのお便り、本作品に関するご意見、ご感想などは
〒151-0051 東京都渋谷区千駄ヶ谷 4-9-7
幻冬舎コミックス　ルチル文庫「あまやかなくちびる」係まで。

幻冬舎ルチル文庫

あまやかなくちびる

2012年11月20日　第1刷発行

✦著者	高峰あいす　たかみね あいす
✦発行人	伊藤嘉彦
✦発行元	株式会社 幻冬舎コミックス 〒151-0051 東京都渋谷区千駄ヶ谷 4-9-7 電話 03(5411)6432[編集]
✦発売元	株式会社 幻冬舎 〒151-0051 東京都渋谷区千駄ヶ谷 4-9-7 電話 03(5411)6222[営業] 振替 00120-8-767643
✦印刷・製本所	中央精版印刷株式会社

✦検印廃止

ISBN978-4-344-82675-5　C0193　Printed in Japan